Dämonenlust

Martin Skerhut

Titelbild: M. Hanke
Coverabbildung:
Hintergrund: Jenny Solomon - fotolia.com
Mann: Raisa Kanareva - fotolia.com

ISBN 978-3-934442-34-4
2. Auflage

Widmung:

Für Nelly und Gü

Nur ein Mensch

Ich war auf der Suche nach einem Nebenjob, um noch etwas Geld zu verdienen. Ich stellte mir vor, abends hinter einer Bar zu stehen oder als Kellner Gäste bedienen. Das klang interessant und abwechslungsreicher als mein gut bezahlter Bürojob. Und ich dachte, dabei neue und interessante Leute kennen zu lernen. Nach wochenlanger Suche war ich jedoch zu dem Entschluss gelangt, dass ich ohne entsprechende Beziehungen verloren war. In den Zeitungen gab es zwar genügend Stellenanzeigen, aber auch ebenso viele Bewerber, und mir war die Arbeit neu. Verständlich, dass die Wahl immer auf jemand anderen fiel.

Eines Morgens erhielt ich einen Brief. Auf dem Umschlag stand mein Name in gotischen Lettern als Empfänger. Es gab keinen Absender und frankiert war er auch nicht. Es sah ganz nach Werbung aus, aber öffnen konnte nicht schaden. Wegwerfen konnte ich den Brief immer noch. Im Inneren befand sich eine Art Visitenkarte, schlicht und eher an eine Traueranzeige erinnernd, eine weiße Karte mit schwarzem Rand. Neben einem Namen und einer Adresse stand eine Uhrzeit: 20 Uhr. Mehr nicht. Der Zweck dieser Karte ließ sich nicht erahnen.

Ein Anfang wie aus einer Mysterynovel, oder eine misslungene Werbemaßnahme. Aber ich war neugierig, deshalb ging ich zu der angegebenen Adresse hin. Tagsüber. Aber mehr als ein gewöhnliches Wohnhaus erwartete mich nicht. Nichts Außergewöhnliches, noch etwas Bemerkenswertes war zu sehen, ein einfaches Mehrpersonenhaus in der Innenstadt. Mir blieb nichts anderes übrig, als bis zum Abend zu warten, und zu hoffen, dass der heutige Tag der richtige war. Denn ein Datum hatte ich auf der Karte nicht finden können.

Abends, am selben Tag, kurz vor acht. Es war bereits dunkel als ich mich vor dem Haus einfand und an der Tür klingelte. Lamar, das war der Name auf der Karte, ich wusste nicht ob Mann oder Frau. Der Summer öffnete den Eingang. Im zweiten Stock fand ich eine offene Tür, die Wohnung Lamars. Nach einem zaghaften Klopfen trat ich ein, immerhin war das kein gewöhnliches Vorstellungsgespräch, meiner Meinung nach. Ich konnte mir überhaupt nicht vorstellen, was dies hier war. Und wer wusste schon, welche Gäste erwartet wurden. Zögernd sah ich mich in der Wohnung um. Sie wirkte eher wie ein Büro, nichts deutete auf etwas Privates hin. Nur kahle Wände, beleuchtet von einer Neonröhre, die ihr kaltes Licht verströmte. Aus einem Nebenzimmer konnte ich das Plätschern eines Zimmerbrunnens und leise Klaviermusik hören. Ich ging den Geräuschen nach.
Die Wohnung hatte, soweit ich das sehen konnte, vier Zimmer. Von der Eingangstür gelangte man in einen Flur, der groß genug war, selbst als Zimmer genutzt zu werden. Aber er stand leer. Die Tür zum Zimmer mit den Geräuschen war leicht angelehnt, und nach einem weiteren Klopfen trat ich ein. Ich musste mich tatsächlich in einem Büro befinden. Welchen Zweck es allerdings mitten zwischen normalen Wohnungen hatte, war mir ein Rätsel. Vielleicht hatte ich auch nur zu wenig gesehen, um mir einen Gesamteindruck erlauben zu können.
An einem schlichten Schreibtisch saß ein junger Mann

von beunruhigender Schönheit. Ich kann meine Gefühle nicht beschreiben, ich wusste selbst nicht, was mit mir geschah. Mir wurde kalt, eiskalt, und meine Nackenhaare stellten sich auf. Mein Körper begann zu vibrieren und kalter Schweiß bildete sich auf meiner Stirn. Mein Mund wurde trocken und ich hatte den Eindruck langsam in Dunkelheit hinabzudämmern.
Er war sehr schnell, denn bevor ich auf den Boden sinken konnte, war er bei mir und fing mich auf. Langsam führte er mich zu einer Couch und legte mich ab. Er lächelte nur, während ich mich beruhigte. Mir war das alles sehr peinlich.
»Entschuldigung«, sagte er leise, veränderte seinen Gesichtsausdruck aber nicht. Erneut wurde mir abwechselnd heiß und kalt. Ich schloss die Augen, und als ich sie öffnete war er über mich gebeugt. Er, das schönste Wesen aller Zeiten. So bezaubernd, dass er nicht real sein konnte. Er hatte den Körper eines Knaben, die feinen Züge eines jungen Mannes. Ich begehrte ihn, ich wollte ihn berühren, ihn besitzen. Überwältigt von meinen unerwarteten Gefühlen errötete ich. Er lachte.
»Ich bin Lamar«, stellte er sich vor. »Und es tut mir leid.«
Meine Stimme versagte. Ich wollte ihn fragen, was ihm leid tat, doch als ich glaubte, die Worte würden meinen Mund verlassen, kam nichts als ein Krächzen aus meinem Hals. Wie gerne wäre ich in einer dunklen Ecke verschwunden. Die ganze Situation war seltsam.
Lamar reichte mir ein Glas Wasser. Dankbar trank ich es, und meine Stimme kam zurück. Aber was sollte ich jetzt noch sagen, nach all diesen Peinlichkeiten, die seit meinem Eintreten geschehen waren?
»Danke«, hauchte ich nur, sehr leise, da ich meiner

Stimme noch nicht ganz vertraute. Aber sie klang vollkommen normal.
Lächelnd zog sich Lamar an seinen Schreibtisch zurück. »Nun, da es dir wieder besser geht, können wir ja über das Geschäft sprechen«, sagte er, als ob nichts passiert wäre. Ich setzte mich auf, aber er deutete mit einer Handbewegung an, dass ich liegen bleiben sollte. »Ich hätte es besser wissen müssen...«, flüsterte er, aber da er sehr leise sprach, verstand ich den Rest des Satzes nicht. Ich sah ihn an, blickte in seine grünen Augen, sah sein Verlangen, die Begierde. Oder wollte ich das nur sehen?
Ich versuchte, an etwas anderes zu denken. Es misslang, zumal seine angenehme Stimme meine Gedanken durchbrach.
»Du fragst dich bestimmt, warum du hier bist«, meinte er und ich nickte. »Darauf kann ich dir leider keine Antwort geben.«
Erstaunt sah ich ihn an. Wenn er nicht wusste, warum ich hier war, wer dann?
Lamar spürte meine Verwirrung und fuhr mit seiner Erklärung fort. »Ich habe zwar die Karte geschrieben und sie dir auch in den Briefkasten geworfen, aber ich weiß nicht, warum. Ich weiß nur, dass ich dich nie zuvor gesehen habe.«
In meinen Gedanken bildete sich ein riesiges Fragezeichen. Jedes Wort Lamars gab neue Rätsel auf. Die Realität war schon lange in den Hintergrund getreten, die seltsame Szene glich eher einem Traum.
Lamar schwieg.
Wir sahen uns nur in die Augen. Worte waren zwecklos, es gab nichts zu sagen. Die Fronten waren geklärt. Er war genauso ahnungslos wie ich, er begehrte mich genauso

wie ich ihn. Wir waren uns sehr ähnlich und doch spürte ich etwas an ihm, das ihn von mir unterschied. Ich stand auf, meine Knie wackelten, aber ich blieb standhaft und näherte mich dem Schreibtisch. Dort stützte ich meine Hände ab und baute mich vor Lamar auf. Ich war tief in seinen Augen versunken, ich wollte ihn küssen, ich wollte ihn berühren. Und er wollte es auch. Dennoch waren wir zwei Fremde, ich wusste nichts über ihn, er wusste nichts über mich.
»Ich bin ein Vampir!«, schrie er mir plötzlich entgegen. Ich zuckte bei der Lautstärke seiner Stimme zusammen und wich zurück. Er sah mich erschrocken an. Sein Mund war leicht geöffnet, und tatsächlich, seine Eckzähne waren leicht zugespitzt, wie man es von einem Blutsauger erwarten würde. Doch mein gesunder Menschenverstand schien gerade Urlaub zu haben – ich glaubte ihm. Anhand der Gesamtsituation blieb mir nichts anderes übrig, obwohl ich nie an die Existenz von Vampiren und ähnlichen Kreaturen der Nacht geglaubt habe. Jetzt tat ich es, das Erlebte, das Gesehene schien mir plötzlich vollkommen natürlich. Und es war gleichzeitig egal. Lamar konnte sein, was er wollte, ich begehrte ihn. Ich würde mich ihm zu Füßen werfen, wenn er mich abwies.
Erstaunt sah mich der Vampir an. Was hatte er erwartet? Ich lächelte. Es sollte verführerisch wirken, aber ich hatte das Gefühl, eher debil zu grinsen als lasziv mit der Zunge über meine Lippen zu lecken.
»Ich bin ein Vampir!«, wiederholte Lamar, als ob er es selbst nicht glauben konnte.
»Ich habe es gehört«, antwortete ich. »Aber mir ist das egal.« Ich machte eine kurze Pause, überlegte wie ich fortfahren sollte und sagte dann: »Ich will dich. Du

kannst sein, was du willst, aber ich will deinen Körper!« Im Nachhinein betrachtet war das ziemlicher Kitsch, fast als befänden wir uns in einer Seifenoper. Wenn Lamar ein brutaler, seelenloser Blutsauger gewesen wäre, dann wäre ich in großer Gefahr gewesen. Aber es war alles wie in einem sehr romantischen Traum. Fehlt nur noch die Violinenmusik, dachte ich lächelnd.

Lamar entgegnete leise, aber mit viel Pathos in der Stimme: »Ich will dich auch. Mein Körper begehrt dich, ich will dich besitzen, ich will, dass du mir gehörst.« Und genau das wollte ich auch. Ich wollte sein Sklave sein. Unsere Gesichter kamen sich näher. Kleine unsichtbare Blitze zuckten zwischen uns hin und her. Fast berührten wir uns, als wir die dritte Präsenz im Raum spürten. Ich fühlte mich beobachtet. Als ich mich umdrehte, weg von Lamars fordernden Lippen, sah ich sie. Eine Frau. Eine gut aussehende junge Dame, das gebe ich zu. Gekleidet in einem engen roten Cocktailkleid, barfuß, mit zahlreichen einfachen Silberreifen an den Armen und den Beinen. Ihr langes blondes Haar kam durch das Kleid gut zur Geltung, ebenso die grünen Augen, die noch tiefgründiger wirkten als die Lamars. Sie sah mich an und wirkte dabei so perfekt wie Lamar. Auch ihr haftete etwas Merkwürdiges, etwas Nichtmenschliches an. Ob sie auch ein Vampir war?

»Lange nicht mehr gesehen!«, sagte sie, mit einer Stimme, die jeden Mann zum Dahinschmelzen bringen musste. Lamar ließ sie offensichtlich kalt. Er stand auf. Jetzt war ich Luft für die beiden. Lamar hatte nur Augen für den ungebetenen Gast, aber keine Freude lag in seinem Blick.

»Ich habe dich schon fast vergessen«, erwiderte er kalt.

Sie lächelte nach wie vor, seine Unfreundlichkeit störte sie nicht.
»Ich sehe, ich komme ungelegen«, meinte sie, lässig im Türrahmen lehnend.
Lamars Antwort glich eher einem Knurren als einem sinnvollen Satz. »Du kommst immer ungelegen.«
»Ach, wie recht du doch hast.« Sie setzte einen unschuldig wirkenden Blick auf.
»Darf ich dich bitten zu gehen!«, knurrte Lamar ungehalten.
»Darfst du«, war ihre freundliche Antwort. »Aber ich gehe erst, wenn ich es will.«
Der Vampir erweckte den Eindruck als wolle er sich direkt auf sie stürzen.
»Halt!«, rief ich, ehe ich mir der möglichen Konsequenzen meines Handelns bewusst werden konnte.
»Oh, wie niedlich«, sagte die Frau herablassend. »Das Hündchen beschützt seinen Herrn.«
Ich wollte etwas erwidern, aber ich brachte tatsächlich nur Knurrlaute hervor. Ich errötete vor Scham und senkte den Blick. Sie lachte laut. Über mich, über Lamar. Und ich konnte nichts ändern. Ich spürte, dass ich mich mit zwei Wesen im Raum befand, die beide nur ein Fingerschnippen benötigten, um mein Leben zu beenden. Daher entschied ich mich, ein stiller Beobachter zu sein. Im Moment schien mir das am Besten.
»Was willst du?«, fragte Lamar.
»Nichts«, war die Antwort. »Nichts von dir. Ich wollte nur sehen wie es dir geht.«
»Und das soll ich dir glauben?« Lamar hielt seine Wut im Zaum, während die Frau die Ruhe selbst war. »Du kannst glauben, was du willst, aber vielleicht hörst du mir einfach nur zu.«

»Also willst du doch etwas von mir!«
Sie schüttelte den Kopf. »Du bist wie ein kleines Kind, aber ich will dich wirklich nicht ärgern. Diesmal nicht.«
»Alleine deine Anwesenheit ist ein Ärgernis.«
»Entschuldigung.« Das klang aufrichtig und überraschte Lamar. Mit großen Augen sah er sie an und schwieg. Die Frau deutete auf mich. »Ich bin nur gekommen, um dir dein Geburtstagsgeschenk zu überreichen.«
Fragend sah ich sie an, aber ich wurde ignoriert. Ich war nur Beiwerk, ein Geschenk, mit dem man nicht reden musste. War ich tatsächlich nur ein Hündchen? Und war das Realität oder doch nur ein Traum? Wie sollte ich auf meine Fragen eine Antwort finden, wenn ich die Geschehnisse um mich herum nicht verstand? Ich setzte mich auf den Schreibtisch und versuchte die beiden Wesen einfach zu ignorieren. Es gelang mir nicht, selbst in meinen Gedanken hörte ich ihre Worte, ob ich es wollte oder nicht.
»Mein Geburtstagsgeschenk?«, fragte Lamar und wirkte dabei in der Tat wie ein kleines Kind. Überrascht und überfordert.
»Ja.« Die Frau klang genervt. »Unsere Eltern dachten, sie würden dir etwas Gutes tun und haben dieses kleine Spiel inszeniert. Frag mich nicht nach den Hintergründen, ich kann dir nur das sagen, was man mir selbst gesagt hat.«
Lamar wollte etwas entgegnen, doch sie fuhr ihm mit einer Handbewegung über den Mund.
»Schweig! Dann bin ich schneller fertig und kann mich um meine eigenen Dinge kümmern.«
Ihr Lächeln war eiskalt, von der verführerischen Person im Cocktailkleid war nichts mehr übrig. Jetzt wirkte sie wie ein Dämon in Frauengestalt.
»Unsere Eltern wissen, wie ausgefallen dein Geschmack

an Liebhabern ist. Wir wissen auch, dass du dich ständig in Menschen verliebst und du weißt wie kurzlebig sie sind.«
Lamar nickte nur.
Ich kam mir wie eine Sache vor, ein Ding, über das man sprach. Vielleicht war ich das auch in den Augen von Wesen, die fast unsterblich waren. Oder waren sie unsterblich? Was wusste ich schon über Vampire? Und vor allem: Was wusste ich über real existierende Vampire? – Nichts.
»Er ist anders«, sagte sie, und meinte mich. »Wir wissen nicht, was es ist, aber etwas macht ihn speziell. Unsere Eltern wollen wissen was ihn so besonders macht. Deswegen geben sie ihn in deine Obhut. Du scheinst dafür geeignet zu sein, und das, was ich bisher gesehen habe, spricht sehr dafür.«
Sie lächelte breit und entblößte dabei ungeniert ihre spitzen Eckzähne. Muss wohl in der Familie liegen, dachte ich.
»Viel Spaß!«, wünschte sie ihm, oder uns, noch, dann verschwand sie. Sie verwandelte sich nicht in Nebel oder in eine Fledermaus, sie verließ das Zimmer einfach durch die Tür, wie ein gewöhnlicher Mensch. Lange sahen Lamar und ich ihr nach, selbst als sie schon längst weg war. Der Zauber des ersten Augenblicks war verflogen, jetzt waren wir nur noch zwei verwirrte Männer, die Antworten wollten. »Das war deine Schwester?«
Lamar nickte ohne sich zu mir umzudrehen . Statt dessen schloss er die Tür. Die entstehende Stille war bedrückend. Die Begierde, die Leidenschaft war verschwunden und einer Menge Fragen gewichen. Seufzend setzte sich der Vampir auf die Couch. Dann erst sah er mich an.

»Was bist du?«, fragte er mich, aber ich konnte ihm die Frage nicht beantworten. Woher sollte ich etwas wissen, was uralte Wesen nicht erahnen konnten? Bisher hatte ich mich immer für einen normalen Mann gehalten.
»Ich denke, du wirst das herausfinden müssen. *Wir* müssen das herausfinden«, korrigierte ich mich.
»Du wirst nicht gehen?« Seine Stimme klang fast ängstlich.
Ich lächelte beruhigend. »Glaubst du, ich könnte das? Nach dem, was gerade gesagt worden ist? Ich bin zwar ungern ein Geschenk, aber für dich will ich alles sein.«
Der Kitsch war zurückgekehrt und veränderte die Stimmung. Es wurde romantisch, die Leidenschaft begann erneut zu knistern. Ich ging zur Couch und setzte mich neben Lamar.
»Manchmal«, sagte ich, »weiß ich nicht, wie ich mit einer bestimmten Situation umzugehen habe. Dies ist eine davon.«
Der Vampir lächelte mich an. »Ich weiß auch nicht weiter.«
»Du könntest mit der Beantwortung meiner Fragen beginnen«, schlug ich vor.
Er schüttelte den Kopf. »Heute ist mein Geburtstag, und ich will dich genießen. Viel Zeit haben wir nicht mehr.«
Er stand auf und führte mich ins Schlafzimmer. Bereitwillig folgte ich ihm. Er würde mich sicher nicht töten wollen, nicht nachdem seine Schwester das Besondere in mir hervorgehoben hatte. Aber sicher war ich mir nicht. Wie wollte Lamar mich genießen? Das klang aus dem Mund eines Vampirs schon sehr zweideutig. Ich erzitterte, nicht nur vor Erregung, auch etwas Angst hatte sich meiner ermächtigt. Aber ich war

schon so weit gegangen, jetzt hoffte ich nur, dass mich mein Leichtsinn nicht das Leben kosten würde.

Als die Sonne bereits am Horizont schien, erwachten wir. Die Strahlen fielen auf Lamars Bett und wärmten uns. Das Licht schien den Vampir nicht zu stören, er genoss es wie ich. Erstaunt sah ich ihn an. Er erkannte meine Gedanken und lachte.
»Es gibt mehr als nur eine Art von Vampiren«, sagte er. »Ich bin schon als Vampir geboren, wie meine Schwester, meine Eltern und alle meine anderen Vorfahren. Ich bin fast ein Mensch, nur brauche ich Blut zum Leben und ich werde älter. Das ist alles.« Aus seinem Mund klang das wie eine Selbstverständlichkeit, aber vielleicht war es das auch.
Ich bereute nicht, der Karte gefolgt zu sein, auch wenn ich glaube in dieser Hinsicht keine Wahl gehabt zu haben. Dadurch offenbarte sich mir jedoch eine ganz andere Welt.
»Gab es eigentlich etwas Geschäftliches zu besprechen?«, fragte ich, das Thema wechselnd. Lamar nickte.
»Ja, aber ich glaube nicht, dass ich dir das Angebot noch machen kann.«
»Ich höre es mir trotzdem an.«
»Ich besitze eine Diskothek, das Darkness, und ich wollte mein Barkeeperteam verstärken. Ich glaube, dass ich das wollte, aber inzwischen bin ich mir nicht so sicher.«
»Wegen mir?«
»Wegen meiner Eltern. Sie waren es schließlich, die das hier eingefädelt haben.«
Wir grinsten uns an.
»Ich habe mich sowieso nach einem Nebenjob

umgesehen«, sagte ich.
Er lächelte. »Vielleicht bist du sogar genau der Richtige für diesen Job.«

Chris

Es begann in einer warmen Mainacht.
Ich fuhr mit dem Rad zur Theresienwiese, dem Ort des Frühlingsfestes und der Wies'n, die aber jenseits dieser Massenveranstaltungen eher trostlos mitten in München lag. Solange es hell war, trieben sich dort Radfahrer, Spaziergänger und Inlineskater herum, aber sobald die Sonne unterging, war nicht mehr viel los.
Nur wenige Menschen waren zu sehen, und von den meisten konnte man annehmen, dass es Schwule auf der Suche nach einer schnellen Nummer waren. Die Toilette an der U-Bahn bot das entsprechende Ambiente.
Das war auch der Grund, warum ich dort war. Sex auf der Klappe hat durchaus seinen Reiz, obwohl es schmutzig ist, unangenehm riecht, und man ständig der Gefahr ausgesetzt ist von den Bullen erwischt zu werden. Positiv gesehen geht man allerdings auch keine Verpflichtungen ein und konnte sich hemmungslosem Sex hingeben. Das ist natürlich keine Garantie, denn selbst häufig frequentierte Klappen bieten nicht den Traumpartner für die nächsten Monate. Oft trifft man auf unansehnliche, dicke Männer auf der Suche nach Frischfleisch.
In jener besagten Mainacht war es nicht anders. Der Himmel war sternenklar, der Vollmond nicht mehr fern. Sobald ich die Tür zum Klo öffnete, empfing mich Übelkeit erregender Gestank. Das Hochziehen von Hosen war ebenso zu hören, wie das Auseinanderspringen der eben noch beschäftigten Männer. Ich musste nur einen kurzen Blick in den engen Raum werfen: Drei ältere Männer und ein Jüngling, der wohl etwas älter als 18 war, wenn überhaupt. Nichts, was für mich in Frage kam.

Blieb der Rückzug und die Suche nach einer anderen Klappe.

Auf dem Weg zum Rad kam *ER* mir entgegen. Er hatte meine Größe, und sah im gedämpften Lichtschein gar nicht schlecht aus. Chris, auch wenn ich das damals noch nicht wusste. Unsere Blicke trafen sich. Ich sah ihm nach als er an mir vorbeiging, mitten auf die Theresienwiese hinaus. Dort drehte er sich immer wieder nach mir um. Ich glaubte sein Ziel zu kennen, denn die Toilette an der U-Bahn ist nicht der einzige Ort, an dem man hier Sex haben konnte. Mitten auf dem weiten Platz, und um diese Zeit sehr verloren wirkend, befand sich ein Pissoir.

Ich ließ mir Zeit mit dem Aufsperren meines Schlosses, fuhr dann extra einen Umweg, und tatsächlich, er steuerte das kleine braune dachlose Häuschen an.

Ich stellte mein Rad an eine der Seiten, sperrte es ab und schlich langsam zu den Pissrinnen. Die Holztür, welche normalerweise geschlossen war, stand weit offen, eine richtige Einladung, die ich nicht ablehnen wollte. Und ich war scharf auf den Kerl.

Ich stieg die Holzstufe nach oben und betrat den kleinen Raum, der außer drei Reihen von Pissrinnen nichts weiter enthielt. In einer Ecke stand der Mann, in braunem Cordanzug. Als er mich bemerkte, drehte er sich grinsend um. Seine braunen Augen blitzten, und sein Mund mit dem ebenfalls braunen Ziegenbart grinste mich auffordernd an. Dann drehte er sich zu mir um, seinen großen, dicken Riemen bereits in der Hand. Ich blieb davon nicht unberührt. In meiner Hose regte es sich, und in meinem Mund floss der Speichel.

Während ich mich ihm näherte zog ich den Reißverschluss meiner Jeans nach unten und holte meinen weitaus kleineren Schwanz zum Vorschein.

Als ich vor ihm stand, öffnete er meinen Gürtel, schob meine Jenas nach unten, mein T-Shirt nach oben, presste seinen Oberkörper gegen den meinen und suchte mit seinen feuchten Lippen und seiner fordernden Zunge meinen Mund. Ich schloss die Augen, gab mich ganz seinen Küssen hin. Ich spürte seine Riesenlatte an meinem nackten Bauch und konnte dem Drang nicht widerstehen. Ich kniete mich nieder und nahm ihn in den Mund. Das entlockte ihm ein lautes, erregendes Stöhnen.
Ich sah kurz zu ihm auf. Er hatte den den Kopf in den Nacken gelegt und schien voll auf seine Kosten zu kommen, obwohl ich seinen Penis nicht völlig in den Mund bekam. Er war zu groß, aber ich hatte meine Zunge mit der ich über seine Eichel leckte, und seinen Körper erzittern lies. Mit meinen Händen griff ich unter sein T-Shirt, fühlte seine haarlose, schlanke Brust und die harten Nippel, die ich zart, dann härter bearbeitete.
Nach einiger Zeit fasste er mich an den Oberarmen und zog mich zu sich herauf. Erneute innige Küsse folgten, während er sowohl an sich als auch an mir Hand anlegte. Ich strich ihm durch sein kurzes, nach hinten gekämmtes Haar, über seinen Bauch, über den Rücken, und ließ meine Finger auch in seine unbehaarte Pofalte kreisen. Er trug keinen Slip. Von hinten erspürte ich seine rasierten Hoden und spielte damit.
Hin und wieder führte er meine Hände an eine andere Stelle seines Körpers, rein zufällig wie es damals schien, auch wenn ich es heute besser weiß. Er stieß mit seinem Penis gegen meinen Bauch, so als ob er mich ficken wollte, mein eigener Schwanz drückte gegen seine Hoden. Zusammen steigerten wir uns in gemeinsame Ekstase, alleine durch Berührungen und Küsse, um gleichzeitig abzuspritzen, gleichgültig der Kleidung, die

wir trugen. Sein Samen klatschte wie eine kleine Wasserbombe auf meinen Bauch während ich mich selbst in zahlreichen kleinen Tröpfchen auf seinem Schwanz und einen Teil seiner Kleidung ergoss. Während des Orgasmus' schob sich seine Zunge tief in meinen Rachen, und ich ließ sie so tief in mich ein, als ob es der letzte Kuss meines, nein, unseres Lebens, wäre.
Er lächelte mich an, ich lächelte zurück, befriedigt und vollgesaut. Er reichte mir ein Taschentuch, und wir reinigten unsere Körper und Kleidung soweit es eben möglich war. Dann entschwand er.
Wir hatten kein Wort miteinander gewechselt, und die Wahrscheinlichkeit ihn jemals wieder zu sehen, war gering, vermutlich war er nicht einmal aus München. Zumindest war er mir bisher nicht in diversen Szenelokalitäten aufgefallen, was aber auch nicht sonderlich viel zu sagen hatte.

Etwa eine Woche später traf ich erneut auf meine Klappenbekanntschaft. Diesmal an einem anderen Ort: Dem Darkness. Ich weiß nicht, was mich an jenem Freitag ins Darkness trieb. In den letzten Jahren hatte die Erfahrung gezeigt, dass Discobesuche an einem Freitag eher lau waren, egal wo ich mich herumtrieb. An diesem Tag jedoch war der Laden voll. Es war halb zwei, als ich kam, alleine, aber ich wusste, dass ich in ein oder zwei Stunden auf mindestens ein bekanntes Gesicht treffen würde.
Ich suchte mir eine freie Stelle, die mich einigermaßen vor eventuellen Übergriffen durch unkoordinierte Bewegungen der anderen Tänzer schützen konnte und gab mich der Musik hin. Natürlich sah ich mir auch die Gäste dieser Nacht an, auch wenn ich keine großen

Hoffnungen auf einen One Night Stand hatte.
Solange bis ich ein Flüstern in meinem rechten Ohr hörte: »Hi!«
Es war eine angenehme, männliche, aber mir unbekannte Stimme, also drehte ich mich um, einfach um zu sehen wer mich ansprach. Es war der Mann von der Klappe. Immer noch mit braunem Ziegenbart, allerdings war sein Haar mit Gel in eine andere Form gebracht und stand in kleinen Stacheln ab. Er trug denselben braunen Cordanzug wie bei unserem kleinen Quickie, auch wenn er einen gewaschenen Eindruck machte. Unter seiner Jacke trug er ein einfaches schwarzes T-Shirt mit dem Aufdruck »FICK MICH!«.
Ich hätte es sofort getan. Als ob wir uns schon lange kennen würden, küsste er mich auf den Mund, fordernd, nicht zärtlich, aber viel zu kurz.
»Chris«, sagte er mit einem breiten Grinsen.
»Martin«, erwiderte ich.
Er tanzte vor mich, berührte mich sanft an meinen Wangen und lächelte dabei verführerisch.
»Erinnerst du dich noch an mich?«, fragte er unerwartet. Trotz der lauten Musik verstand ich ihn sehr gut. Ich nickte nur und sah ihn, mit verträumten Blick, an.
»Das freut mich.«
Während wir tanzten, führten wir eine eher belanglose Konversation, aber es dauerte nicht lange, und zwischen unseren Körpern war nicht einmal mehr Platz für ein dünnes Blatt Papier.
Ich spürte eine Säule hinter mir.Chris drückte sein Knie gegen meine Weichteile, dadurch blieb mir auch nicht viel Bewegungsspielraum. Ich ließ es zu, dass seine Zunge sich ihren Weg in meinen Mund suchte. Ich schloss die Augen, unsere Zungen spielten ihr eigenes

Spiel, unsere Hände ein anderes. Mein Schwanz drückte steif und gierig nach mehr gegen den Stoff seiner Hose, aber ich wagte nicht Chris zu fragen ob wir die Lokalität wechseln wollten.
Das plötzliche Licht machte alles zunichte. Meine Augen nahmen die Änderung der Lichtverhältnisse wahr und öffneten sich. Der Zauber des Moments war dahin, die grelle Beleuchtung des Darkness war angegangen und von irgendwo erklang eine laute befehlende Stimme: »Ausweise bereit halten!«
Razzia.
Chris löste sich von mir, widerwillig, das spürte ich, aber es musste sein.
»Morgen, 22 Uhr, Incubus.« Das raunte er mir noch ins Ohr, ehe er sich verdrückte. Niemand bemerkte sein Verschwinden.
Es wurde schon hell als ich nach Hause kam. Die Razzia war aus meiner Sicht eher störend und langweilig gewesen. Ich musste ewig warten bis man meinen Ausweis sehen wollte und mir einige Fragen zu Drogenbesitz und ähnlichem stellte. An diesem Abend war ich clean, ich durfte gehen.

Ich dachte den ganzen Tag über an Chris und an unser Date am Abend. Ein Lokal namens »Incubus« war mir nicht bekannt, es musste sich um eine sehr spezielle Kneipe handeln. Dank der Rosa Seiten, dem schwulen Branchenbuch, erfuhr ich zumindest wo sich das Incubus befand. Die Beschreibung jedoch war nicht sehr hilfreich:
»Der Club für den außergewöhnlichen Geschmack«
Das konnte alles bedeuten. Nachdem ich nicht wusste, was mich erwartete und ich keine Lust hatte mich völlig

daneben zu kleiden, trug ich das, was ich am liebsten trug: Jeans und T-Shirt, eine Kombination, die man eigentlich überall tragen konnte. Von einem besonderen Dresscode war nicht die Rede gewesen.
Das Incubus befand sich direkt im Glockenbachviertel, aber so versteckt, dass es kaum auffiel. Ich musste klingeln und eine Klappe wurde weggeschoben. Grüne Augen sahen mich an.
»Was willst du?« Die markante, leicht kratzende Stimme war alles andere als einladend. Was tat ich hier überhaupt?
»Ich habe eine Verabredung.«
»Das kann ja jeder sagen. Mit wem?« Die Stimme klang abweisend.
»Chris.« Ich wusste seinen Nachnamen nicht, erwartete also weitere Nachfragen, aber ich wurde überrascht. Die Klappe wurde geschlossenund die Tür öffnete sich. Ein behaartes Monster stand dahinter und ließ mich mit einem teuflisch wirkenden Grinsen ein: »Na, dann komm!«
Der Tonfall hatte sich etwas geändert, vielleicht sollte er freundlich klingen, aber immer noch schwang etwas unterschwellig Bösartiges nach.
Ich folgte trotzdem der Aufforderung. Sofort schloss der Muskelberg in hautengem Muscle-Shirt die Tür wieder. In einer dunklen Seitengasse würde ich ihm nicht begegnen wollen, und auch hier nagte das Unbehagen an mir. Der Club selbst war als merkwürdig zu bezeichnen. Schwarzlicht herrschte vor, nur an den wenigen Tischen befanden sich Grablichter. Das ganze Etablissement war in schwarz gehalten, schwarze Ledersessel, schwarze Glastische, die Bar aus schwarzem Marmor. Die Speisekarten und die Kerzen waren rot, ebenso die

Aschenbecher und die Gläser. Leise, beruhigende Klaviermusik war im Hintergrund zu hören.
Das Incubus hatte kaum Gäste, und die wenigen sahen nicht gerade liebenswert aus. Zwei Männer und eine Frau. Gestalten, denen man nicht über den Weg laufen wollte, egal wo und zu welcher Tages- und Nachtzeit. Bleich wie Marmor, dunkle Augen, und in schwarz gekleidet. Die Frau an der Bar war asiatischen Ursprungs, vielleicht chinesisch, größer als ich es erwartet hätte, und dürr, aber auf erschreckende Art schön. Die Lippen waren blutrot geschminkt, die seltsamen, sehr langen, nadelähnlichen Fingernägel vollkommen schwarz. Ihr Kleid war aus hautenger Seide. Die beiden Männer hatten es sich in einem der Sessel bequem gemacht. Sie waren ebenso bleich wie die Frau, von vergleichbarer Ausstrahlung, bedrohlich wirkend. Sie flüsterten, aber die wenigen Wortfetzen, die zu mir drangen, waren unverständlich. Sie waren noch jung, vermutlich nicht älter als 20, aber sie passten gut in das Ambiente. Von mir konnte man das nicht sagen, aber die Drei schenkten mir keine Beachtung. Der Bär von der Tür deutete an einen Sessel, der Frau gegenüber.
Ich nahm dort Platz und studierte die Speisekarte, um mein Unwohlsein zu verbergen. Als ich wieder aufsah, stand Chris vor mir. Derselbe braune Cordanzug , ein schriftloses schwarzes T-Shirt und nach hinten gekämmte Haare.
Sein Lächeln schien etwas fehl am Platze, wie sein gesamtes Erscheinungsbild, gleichzeitig hatte es etwas beruhigendes an sich, da ich mir selbst jetzt nicht mehr so verloren vorkam.
»Ich hätte nicht gedacht, dass du kommst«, sagte er, beugte sich zu mir hinunter und küsste mir zaghaft auf

den Mund, ganz anders als bei unseren vorherigen Begegnungen.
»Ich musste den ganzen Tag an dich denken, ich musste einfach kommen.« Das klang so kitschig, aber die Worte strömten aus meinem Mund, bevor ich nachdenken konnte.
Chris grinste mich an und setzte sich neben mich.
»Das ist gut, denn es zeigt mir, dass mehr aus unserem kleinen Quickie werden könnte. Hast du schon bestellt?«
Er wechselte das Thema, bevor ich überhaupt reagieren konnte. Ich wollte etwas antworten, aber der bleiche, gut aussehende Kellner schien bereits an unserem Platz zu sein ehe ich ausatmen konnte. Fragend sah er uns an. Chris bestellte für uns: »Zwei Zombiecoyoten.«
Der Kellner ging zurück zur Bar.
»Was ist ein Zombiecoyote?«
„Abwarten, du wirst es schon sehen.« Chris grinste geheimnisvoll.
Bevor wir uns aber einer richtigen Unterhaltung hingeben konnten, wurden unsere Getränke gebracht. Die Chinesin stellte zwei hohe rote Gläser mit schwarzen Strohhalmen und weißen Schirmchen vor uns ab. Dabei lächelte sie mich freundlich an. Trotzdem zuckte ich zusammen. Nicht ihr Lächeln war es, das mich erschreckte, es waren ihre goldenen Augen. Ihre Stimme jedoch war sehr sanft und weich, alles andere als unangenehm. Das leichte Gefühl des Unwohlseins, welches in mir aufkam, blieb.
»Hat Chris also endlich jemanden gefunden.« Ihr Lachen klang eher wie ein Schnurren.
»Kennst du die Regeln?«, fragte sie mich.
»Welche Regeln?«
»Oh, oh, da geh ich besser wieder.« Ein sanftes Lächeln, ein verführerischer Augenaufschlag und die Frau

schwebte mit katzenartiger Eleganz an die Bar zurück.
»Was meinte sie damit?«, fragte ich verwirrt .
Chris ließ sich mit seiner Antwort Zeit. Erst nahm er einen Schluck aus seinem Glas, dann sah er mir tief in die Augen.
»Glaubst du, du könntest dich in mich verlieben?«
Was für eine seltsame Frage. Ich erwiderte seinen Blick, antwortete ihm aber nicht. Er war ein gut aussehender Mann um die 30, gut bestückt und ein begnadeter Küsser. Mehr wusste ich nicht von ihm. Könnte ich ihn lieben? Wäre ich hier, wenn ich es nicht könnte? Nach langen Überlegungen, den ganzen Tag über, war Chris mehr als nur eine einmalige kurze Begegnung.
Schließlich, nach einem Moment, der unendlich schien, nickte ich.
Er sah mir weiterhin in die Augen.
Seine Mimik wurde ernst, dann blickte er zur Seite. Er nahm meine Hand in die seine und sah mich an. Ich spürte sein Zögern und seine Traurigkeit.
»Bist du dir sicher?«
»So sicher, wie ich mir bei jemanden sein kann, den ich nicht kenne.«
»Die Regeln sind folgende: Alles, was ich dir jetzt sage, wird unter uns bleiben. Niemand außerhalb dieses Raumes darf erfahren, was ich zu dir sage. Sonst wird Li dich töten.«
Ich weiß nicht, wie andere auf diese Worte reagiert hätten, aber ich hielt sie für einen Scherz, passend zwar zur Umgebung, aber nicht wirklich gelungen. Chris jedoch war vollkommen ernst. Nichts deutete auf einen Witz hin, kein schalkhaftes Blitzen in den Augen, kein Lächeln.
Ich hätte gehen können, aber ich blieb. Und diesen

Entschluss habe ich bis zum heutigen Tag nicht bereut.
»Bist du bereit?«
Ich merkte wie trocken mein Mund war, aber ich rührte das Glas vor mir nicht an.
Jemand stellte ein weiteres Glas neben mir ab. Es war Li, die Chinesin. Sie lächelte.
»Ich glaube, das brauchst du, nachdem du noch nicht geflohen bist.«
Sanft strich sie mit ihren langen Nägeln über meine Wange. Meine Nackenhaare stellten sich auf, auch wenn kein Grund dafür vorhanden war. Lis Anwesenheit machte mich nervös. Und diese Vertrautheit, diese intime Zärtlichkeit, mit der sie mich berührte, halfen nicht, mich besser zu fühlen.. Sie wünschte uns viel Spaß und entschwand an die Bar. Ich war mir sicher, dass sie jedes unserer Worte belauschte.
Die beiden anderen Gäste waren inzwischen gegangen, ich hatte es nicht bemerkt..
Das neue Glas war kleiner als mein erstes, ohne Strohhalm und Schirmchen, und sein Inhalt roch nach Wasser. Mit einem Zug leerte ich es. Es war Wasser, kühles Wasser mit einem kleinen Spritzer Zitronensaft. Erfrischend, auch wenn es die Trockenheit meines Rachens nicht ganz beseitigen konnte.
Chris führte meine Hand an seinen Hals.
»Was spürst du?«
Ich fühlte seine weichen Haut, spürte die Muskeln dahinter. Sonst nichts. Ungläubig sah ich ihn an.
»Wie machst du das?«
»Was?« Er spielte den Unschuldigen, aber ich sah ihm an, dass er wusste, was ich meinte.
»Dein Puls.«
Chris zog seine Jacke aus, dann sein T-Shirt. Im

seltsamen Licht des Incubus wirkte er genauso bleich aus wie Li.
Er war schlank und unbehaart. Unterhalb seiner linken Brust befand sich eine lange, rötliche Narbe.
»Das war mein Ex-Freund. Er war sehr eifersüchtig. Und er war ein Mensch mit besonderen Fähigkeiten.«
Seiner Stimme fehlten jegliche Emotionen, aber ich hing gebannt an seinen Lippen.
»Er...«, Chris zögerte. »Ich weiß nicht wie ich es sagen soll. Für dich klingt es bestimmt sehr seltsam.«
»Inzwischen kann ich sehr viel glauben«, sagte ich und kam mir dabei sehr überzeugend vor. Vielleicht waren Drogen im Wasser gewesen, jedenfalls war ich sehr ruhig. Die ganze Situation hatte eine traumhafte, unwirkliche Stimmung. Alles schien möglich.
»Er war ein Animator, ein Mensch, der Tote erwecken kann.«
Ich war in einem Traum gefangen.
»Er spürte wie unsere Beziehung auseinander ging, also erstach er mich, nur um mich zurück ins Leben zu befördern. Als lebenden Toten.«
Er machte eine Pause, sah mich an, als erwartete er, dass ich in schallendes Gelächter ausbrechen würde. Das einzige, das ich sagte, war jedoch: »Du bist ein Zombie?«
Trotz der Ernsthaftigkeit des Themas lächelte Chris. »Nein, ich bin nur untot. Ich kann dir den Unterschied nicht begreiflich machen. Mein jetziges Leben unterscheidet sich nicht viel von meinem Leben davor, abgesehen von unwichtigen Kleinigkeiten.«
Er lächelte. »Wie unglaubwürdig klingt das für dich?«
»Sehr, aber ich glaube dir. An diesem Ort glaube ich dir alles.«
»Deswegen bist du hier. Jedes andere Lokal bringt mein

Dasein nicht so zur Geltung wie dieses hier. Es ist die Wahrheit, aber nur hier klingt es auch danach.«
Er machte eine Pause.
Wir sahen uns nur an. Ich war im Begriff mich in ihn zu verlieben. Vielleicht war auch das der Zauber des Incubus. Ich nahm sein Gesicht zwischen meine Hände, zog ihn zu mir heran und küsste ihn sanft auf die Lippen. Nur kurz, dann wich ich zurück, obwohl ich spürte wie er langsam den Mund öffnete um mehr zu fordern.
Lange sahen wir uns an. Er war es, der das Schweigen mit leiser Stimme brach: »Ich bin froh, dass du geblieben bist. Es gab andere vor dir.«
»Und...?«
Sein Gesicht näherte sich meinem rechten Ohr, seine Stimme nicht mehr als ein sanfter Hauch. »Es gibt Dinge, die später offenbart werden ... oder nie...«

Beiß mich!

An einem Mittwoch, kurz nach zwölf, im Darkness.
Die Veranstaltung, wenn man es so nennen konnte, wurde Labyrinth genannt, manchmal mit einem Motto, doch heute war das nicht der Fall. Uniformtypen trafen auf Ledertypen, und hin und wieder auch ein unschuldiger Knabe, der es jedoch faustdick hinter den Ohren hatte.
Das war das Darkness, am Wochenende eine Diskothek, unter der Woche ein Treffpunkt der Hungrigen, Süchtigen, die auf der Suche nach der schnellen anonymen Nummer waren.
Ein Darkroom war zwar vorhanden, doch dieser fand nur am Wochenende Verwendung, jetzt waren Netze und Latexfolien an die Decke gespannt und trennten die Tanzfläche ab. Ein Labyrinth war entstanden.

Am nächsten Tag hatte ich Urlaub, und da unter der Woche kaum etwas in meinem Freundeskreis los war, hatte ich mich entschlossen ins Darkness zu gehen. Würde sich etwas ergeben, gut, wenn nicht, dann würde ich ein oder zwei Bierchen trinken und danach wieder nach Hause gehen. So nötig hatte ich es auch nicht.
Die Musik des Darkness ist gewöhnungsbedürftig, nicht nur zu Labyrinthzeiten.
Es ist auch nicht die Musik, die ins Darkness lockt, es ist die Atmosphäre, und natürlich die einfache Möglichkeit an Sex zu kommen, ohne viel dafür zahlen zu müssen, oder ewig in einer Kneipe zu warten.
Im Darkness musste man nicht reden, Augenkontakt genügte, man erkannte schnell genug, was der andere wollte.

Als ich das Darkness betrat, war schon einiges los. Anders als am Wochenende, wenn das Open End die Gäste spät heranlockte und sie lange blieben, musste man unter der Woche damit rechnen um vier den Laden verlassen zu müssen. Aber das war ausreichend. Meistens jedenfalls.
Ich sah mich um, neugierig ob sich das ein oder andere bekannte Gesicht finden lassen würde, aber abgesehen von den Personen, denen man hin und wieder über den Weg läuft, die man aber gewöhnlich nicht anspricht, war niemand Bekanntes zu sehen.

Ich steuerte an die Bar und orderte ein Bier. Dann suchte ich mir eine Ecke, genau den Ort, der es mir erlaubte, alles zu überblicken. Niemand würde mir entgehen, nicht die Leute, die das Darkness betraten, genauso wenig die Leute aus dem Darkroom oder aus dem Labyrinth. So gönnte ich mir meine eigene Peepshow, und auch wenn der ein oder andere ansprechende Kerl dabei war, richtig in Fahrt kam ich nicht.
Es würde wohl beim Bier bleiben. Und dem Gestöhne und der Musik.

Die Uhr meines Handys zeigte an, dass es kurz nach eins war, als ich mit meinem Bier fertig war. Leute waren gekommen und gegangen, Einzelpersonen, Pärchen, hin und wieder auch mehrere, fröhlich zur gemütlichen Orgie unterwegs. Das Labyrinth war wohl nicht gut genug. Der Gedanke ließ mich lächeln. Dennoch stand mein Entschluss fest, ich würde das Darkness verlassen. Heute war eine unspektakuläre Nacht. Ich war nicht enttäuscht, wäre mir der nächtliche, anonyme Sex heute wichtig gewesen, ich wäre durchaus auf meine Kosten

gekommen.
Der Druck meiner Blase mischte sich in meine Überlegungen ein. Normalerweise gehe ich ungern in Diskotheken auf die Toilette. Am Wochenende kam man meistens sowieso nicht hinein, da dort fröhlich dem Geschlechtsakt gefrönt wurde. Selbst die Damentoilette war belegt, natürlich mit Männern, echte Frauen waren im Darkness selten. Es gab sie, aber als Minderheit und nicht zu Labyrinthzeiten.
Heute dürfte das Klo jedoch frei sein. Wozu Sex auf der Toilette, wenn man das ungeniert auf der Tanzfläche tun konnte. Und wollte man unbeobachtet sein, nun, auf der Toilette war man das auch nicht.
Ich stand auf, zog meine Jacke über und näherte mich der Toilette.
Ich hatte Recht, es war nichts los, auch wenn ich nicht alleine war, aber der andere Mann stand am Pissoir und erledigte tatsächlich sein Geschäft. Er ignorierte mich als ich mich neben ihn stellte.
Er schüttelte ab und ging an mir vorbei, Richtung Waschbecken. Ich hörte das Wasser rauschen, spürte aber auch seine Blicke auf mir ruhen.
Ich lächelte nur, wusste aber nicht was ich sagen sollte. Ich konnte seinen Blick auch nicht deuten. Es konnte Interesse sein, oder pures Verlangen. Vielleicht würde er sich gleich auf mich stürzen, aber ich gelangte ohne Probleme ans Waschbecken.
Die Toiletten im Darkness sind nicht sehr groß, und der Vorraum zwischen Diskothek und Pissoirs war winzig, ein Wunder, dass ein Waschbecken und ein Handtrockner dort Platz hatten.
Als ich an ihm vorbeiging, glaubte ich ein Knurren zu hören. Das bösartige Knurren eines Hundes. Aber es

musste Einbildung sein, oder der DJ hatte sich total in der Auswahl seiner Musik vertan.
Ich wusch meine Hände, trocknete sie ab und war gerade dabei die Toilette wieder zu verlassen, als der Mann nach meinen Händen griff, mich an sich zog und mich küsste. Aus heiterem Himmel. Hätte ich es gewollt, so hätte ich mich wehren können. Ich tat es nicht. Ich wollte geküsst werden. Von ihm. Ich wollte mehr.
Der Kuss musste reichen. Vorerst. Aber er schien ewig zu dauern. Ich hatte die Augen geschlossen, das war reine Gewohnheit, der Kuss schien so intensiver zu sein.
Unsere Lippen pressten sich aneinander, langsam, aber fordernd schob er seine Zunge in meinen Mund und erforschte meine Höhle. Seine Zunge berührte meine, langsam fuhr er an ihr entlang, schließlich fand auch ich den Weg in seinen Mund. Er wurde fordernder, härter. Ich stöhnte leise, fast nicht wahrnehmbar. Er knurrte. Das Knurren kam eindeutig von ihm. Es war seltsam, irritierend, aber es störte nicht beim Küssen.
Am Rande bekam ich mit, dass jemand die Toilettentür öffnete, sie aber schnell wieder schloss. Wer auch immer das war, wäre an uns nicht vorbeigekommen.
Unsere Zungen lösten sich, schließlich auch unsere Lippen. Wir sahen uns an. Seine Augen waren seltsam, aber auf erregende Weise. Sie waren rehbraun, fast schon zu unschuldig für einen Ort wie diesen. Das Braun wurde unterbrochen von kleinen goldenen Sprenkeln. Seltsam, faszinierend, erregend.
»Ich musste das tun«, sagte er nur, eine weiche, aber leicht grollende Stimme. Ich schluckte kurz, ehe ich meine Antwort gab: »Ich wollte, dass du es tust.«
Ich wollte grinsen, aber er nahm meinen Kopf in seine Arme und führte meinen Mund an seinen. Erneut umfing

uns die Ewigkeit eines intensiven, erforschenden Kusses. Er schmeckte nach Minze. Ich leckte über seine Zähne, leckte an seiner Zunge, über seine Lippen, mit geschlossenen Augen. Seine Hände gruben sich in mein Haar, ich stöhnte, er knurrte. Dann schob er mich weg.
Er grinste mich an, etwas verlegen.
»Was tun wir nur hier?«
Ich grinste zurück. »Knutschen, wie Teenager.«
»Sind wir das?«
Nein, Teenager waren wir auf gar keinen Fall. Ich war jenseits der 30, und auch ihn schätzte ich in meinem Alter, ein paar Jahre hin oder her.
Wir sahen uns an. Nur kurz, sein Blick traf auf meinen, und es schien nichts anderes als Einverständnis darin zu liegen. Er griff nach meiner Hand und zog mich aus der Toilette. Ich wusste nicht, wohin er wollte, ich ließ mich von ihm führen.
Wir tauchten ein in die Anonymität des Labyrinths, der Geruch von Schweiß und Poppers war allgegenwärtig, das Stöhnen, die wenigen Worte, die gewechselt wurden, Easy Listening.
Er drückte mich an eine Wand, sein Mund forderte erneut. Er war stark, selbst wenn ich gewollt hätte, ich hätte ihm nichts entgegensetzen können, körperlich war er mir überlegen. Aber bereitwillig gab ich seinen Forderungen nach. Das Poppers der anderen benebelte meine Sinne, das Knurren meines Partners, die Musik und die anderen Nebengeräusche, alles wurde zu einem vermischt. Ich spürte wie er meine Jacke auszog und achtlos auf den Boden fallen lies. Es war egal, es spielte keine Rolle. Die Augen geschlossen, seine Zunge in meinem Mund, meine Zunge in seinem Mund, sein Mund an meinem Kinn, an meinem Hals. Mein T-Shirt landete

neben meiner Jacke und nicht viel Zeit verging und ich stand nackt vor ihm während er noch vollkommen bekleidet war. Es war egal. Er knurrte, ich stöhnte. Sein Mund, seine Lippen, sie erforschten meinen Körper. Ich ließ es geschehen. Meine Augen geschlossen, benebelt vom Poppers, die Haut alles aufnehmend, was er mir gab, seine Küsse, seine Leidenschaft.
Ich war das Wachs in seinen Händen, er formte mich, wie wir es wollten. Er drehte mich um, drang sanft mit seinen Fingern in mich ein. Mein Stöhnen wurde heftiger, aber auch in ihm wurde etwas Stärkeres, Brutaleres geweckt. Er wurde wilder und heftiger. Sein Knurren nahm eine bedrohliche Lautstärke an. Ich vergaß meine Umgebung, wie unter harten Drogen gab es nur noch meinen Körper und ihn.
Ich weiß nicht, was er alles gemacht hat, es war eine einmalige Erfahrung, ich spürte ihn überall gleichzeitig, seinen großen Penis, der gegen seinen Jeansstoff presste, seinen Mund, seine Finger in meinem Arsch. Er flüsterte mir unverständliche Worte ins Ohr, knabberte an meinem Ohrläppchen, während er mit mehr als zwei Fingern mein Loch auf noch kommende Dinge vorbereitete.

Ich öffnete die Augen, sah direkt in die seinen, die nun mehr Gold als Braun waren. Er lächelte und knurrte.
»Wenn es dir nicht gefällt, höre ich auf.«
Ich war unfähig Worte zu bilden, ich schüttelte nur kaum wahrnehmbar den Kopf. Er lächelte, dann fing er langsam an sich auszuziehen. Ich sah ihm nur zu, begierig, neugierig. Er war leicht behaart, aber die Haare waren sehr dunkel. Sein gesamter Oberkörper war gleichmäßig von ihnen überzogen, auch seine Arme und Beine.

Er war ein stattlicher, muskulöser Mann. Und ER war groß. Er drückte seinen nackten Körper gegen meinen. Er drehte mich erneut um und drückte sein Glied gegen meinen Hintern. Ich spürte seinen heftigen Körper. Und bevor ich noch reagieren konnte, spürte ich ihn mit einem kräftigen Stoß in mir. Ich schrie laut auf, wohl zu laut, aber es war mir egal. Er war in mir, und er fühlte sich gut an. Ich vergaß jede Vorsicht, die Reue und die Angst würden später kommen, doch fern waren sie im Augenblick. Erst war er vorsichtig, doch schnell hatte er seine frühere Brutalität wiedererlangt. Ich wurde gegen die Wand gepresst, mein eigenes Glied schmerzte an der Mauer.
Wir waren ganz in unserer hitzigen Leidenschaft gefangen. Das Ende kam, schmerzhaft und unerwartet. Mein Orgasmus wurde begleitet von einem starken Schmerz im Nacken. Der Samen spritzte an die Wand, und ein sehr lauter schmerzerfüllter Schrei entrang sich meiner Kehle.
Schlagartig war es ruhig. Selbst der DJ hatte seine Musik unterbrochen. Aber anscheinend konnte niemand etwas ungewöhnliches bemerken.

Ich brach zusammen, ohne dass jemand davon Notiz nahm. Als ich wieder zu mir kam, war ich alleine. Lange kann ich nicht weggetreten gewesen sein, mein Sperma war noch feucht und auch das meines Partners, das ich zwischen meinen Beinen fühlte. Mein ganzer Körper schmerzte, die Leidenschaft hatte nachgelassen. Das schlechte Gewissen kam. Und die Angst. Ich war sehr leichtsinnig gewesen. Das Spiel auf der Toilette war eindeutig zu weit gegangen. Und ich wusste nichts von ihm. Ich zog mich an.

Ein weißer Zettel fiel aus meiner Jacke:

Es tut mir leid, Wolf

War das sein Name? Und was hatte das zu bedeuten? Mir wurde heiß, nur schwer konnte ich die Panik unterdrücken, die sich breit machen wollte. Aber es war passiert. Jetzt, ernüchternd konnte ich nichts mehr daran ändern. Wenn ich mich tatsächlich infiziert hätte, würde ich damit leben müssen.
Ich war immer vorsichtig gewesen, ein Kondom und Gleitgel waren immer griffbereit. Aber heute hatte ich es nicht benutzt. Und Wolf auch nicht.

Ich wollte nur noch nach Hause, die Blicke der anderen am Eingang ignorierte ich. Vielleicht war es Mitleid. Vielleicht hatten sie mitgekriegt, was ich getan hatte, wie leichtsinnig ich gewesen war. Ich war den Tränen nahe. Ich bin nicht immer der starke Mann, der ich vorgebe zu sein. Jetzt wollte ich nur heim. Wollte verdrängen.

Der Morgen machte nichts besser. Etwas klebte an meinem Körper, und jede Verdrängung nützte nichts, mein ganzes Bett war in getrocknetes Blut getaucht, meinem eigenen wie ich fürchtete. Ich spürte einen leichten Schmerz im Nacken, und als ich mit den Händen danach tastete, fühlte ich eine Kruste, vermutlich ebenfalls getrocknetes Blut. Dort musste die Stelle sein in die Wolf mich gebissen hatte.
Mit wackligen Knien machte ich mich auf den Weg ins Badezimmer um im Spiegel das zu sehen, was ich eigentlich nicht sehen wollte. Mein Spiegelbild war an sich in Ordnung. Die Bissstelle war leicht verkrustet und

an meinem gesamten Körper klebte Blut, aber ansonsten war nichts Außergewöhnliches zu sehen. Ich wusste auch nicht, was ich erwartet hätte, Wolf hat mich schließlich nicht zerfleischt.
Nachdem ich mich geduscht hatte und einen sauberen Eindruck machte, kam eine kleine Überraschung. Mein Nacken wies keinerlei Verletzungen auf, unter dem verkrusteten Blut befand sich kein Kratzer. Schmerzen verspürte ich zwar, aber zu sehen war nichts.
Ich kann die Verwirrung nicht beschreiben, die ich verspürte. Wäre das Blut nicht gewesen, ich hätte alles für einen schlechten Traum halten können, aber dem war nicht so, alles war real, die gestrige Nacht, das Spiel mit Wolf, das Entsetzen danach.
Und die Schmerzen. Ich musste zu einem Arzt, dringend. Wegen der Verletzung und wegen dem Test.

Ich bin nicht zum Arzt gegangen. Die Schmerzen verschwanden im Laufe des Vormittags, und ich hatte Angst. Angst, dass der Test positiv war. Es war feige und leichtsinnig, aber ich habe die Jahre davor aufgepasst, und der Test war immer negativ gewesen, nie hatte ich ein schlechtes Gewissen gehabt. Jetzt übte ich mich in Verdrängung, ich würde nach wie vor aufpassen, es würde nichts passieren.
Aber ich habe die Vorsätze schnell verdrängt. Ich entwickelte einen Heißhunger auf ungeschützten Sex. Und es erschreckte mich nicht im Geringsten, dass ich auch immer ein williges Opfer fand.
Ich war ein Dauergast im Labyrinth. Ich gab mich nicht mit einem Mann zufrieden, zwei oder drei mussten zu meiner Befriedigung herhalten, und es war ein Nebeneffekt, dass es sie auch befriedigte.

Nachts trieb ich mich in den Parks herum, immer auf der Suche.

Wolf habe ich in dieser Zeit nicht mehr gesehen. Ich traf ihn drei Monate nach unserer ersten Begegnung im Darkness.

Diesmal hatte das Labyrinth einen Namen: Goatee.
Männer mit Bart bekamen ein Getränk umsonst. Alles andere war wie immer.
Dunkelheit, psychedelische Musik, der Geruch von Schweiß und Poppers, Zigarettenrauch, und das Stöhnen der sich auf vielfältige Art und Weise befriedigenden Männer.
Kurz nach Mitternacht.
Ich spürte die Blicke der anderen auf mir sobald ich an die Bar trat. Furcht und Verlangen. Jeder wollte mich, kannte mich oder hatte von mir gehört.
Mein Blick wanderte eiskalt über die Menge an möglichen Partnern.
Es schien als würde jeder meine Anwesenheit bemerken, selbst diejenigen, die sich in Leidenschaft übten, sahen zu mir auf.
Außer der Musik war nichts zu hören. Es war seltsam, anders als zuvor, und ich selbst fühlte mich auch anders. Ich war hungrig, ich wollte Sex, einen Mann quälen. Oder mehr als einen.
Gierig leckte meine Zunge über meine Lippen, hier und da hörte ich ein erwartendes Stöhnen.
Einer der Männer wagte den ersten Schritt.
Er hatte einen südlichen Einschlag, war nicht sonderlich groß, aber gut aussehend, dunkle Augen, kurze schwarze Haare, ein schwarzer Goatee, den Körper eines kleinen

Gottes. Er kam auf mich zu, fixierte mich mit seinem Blick. Er grinste verführerisch, aber sein Blick strahlte eine Kälte aus, die ihn faszinierend machte, mehr als sein Grinsen. Bevor er direkt vor mir stand griff er in die Tasche seiner Jeans und brachte ein Fläschchen Poppers zum Vorschein.

Das würde er nicht brauchen. Ich schlug es ihm aus der Hand, während ich ihn an mich zog und seinen Mund brutal mit meiner Zunge penetrierte. Sein Stöhnen drückte Überraschung, Entsetzen und Lust aus, er wehrte sich kurz, aber ich war stärker. Viel stärker, ich musste vorsichtig sein, auch wenn er keinen zerbrechlichen Eindruck machte, so schien er in meinen Händen wie dünnes Glas zu sein.

Meine Zunge erforschte seinen Mund, unterdrückte seine Zunge, brachte ein lautes lustvolles Stöhnen der Erregung aus ihm hervor. Langsam drängte ich ihn aus dem Sichtbereich der Zuschauer. Es mochte erregend sein, wenn Voyeure anwesend waren, aber ich wollte das nicht, zumindest nicht im Moment.

Er ließ mit sich geschehen. Wir küssten uns, hin und wieder biss ich ihm mehr oder weniger sanft in die Zunge oder die Lippen. Ich spürte das Zittern seines Körpers, die Erwartung. Er war schnell entkleidet und sein ganzer nackter Körper war eine Augenweide. Er mochte Krafttraining machen oder ihn auf andere Weise fit halten.

Auch er hatte mich schnell entkleidet, unsere nackten Körper rieben aneinander. Er küsste meinen Körper, und auch er biss mich hin und wieder. Mein Stöhnen hatte etwas Tierisches. Nein. Es war kein Stöhnen. Es war ein ... KNURREN.

Ich knurrte wie einst Wolf. Das irritierte mich, aber nur

kurz, dann hatte mich das Verlangen, die Leidenschaft, die Besessenheit erneut gefesselt.
Ich rutschte in eine andere Welt. Die Musik wurde zum Nebengeräusch, die verschiedenen Gerüche wurden unterdrückt. Nur mein kleiner Südländer und ich existierten noch. Ich fiel über den Mann her, er wurde zur Puppe, zu meinem Sklaven. Er wehrte sich nicht, er war bereit für das, was ich ihm antun wollte. Er stöhnte, ich knurrte.
Ich drehte ihn um, ohne Vorwarnung drang ich mit aller Kraft in ihn ein. Er schrie laut, so laut als würde sein Leben davon abhängen. Das war für mich nur Ansporn genug noch härter vorzugehen. Sein Körper bebte.
Am Rande meiner Wahrnehmung hörte ich ein fremdes, aber doch vertrautes Knurren. Wolf.
Er stand hinter mir, ich spürte seinen Atem. Er berührte mich sanft, dann sehr kräftig. Ich spürte IHN kurz auf meiner Haut ehe er voller Brutalität in mich eindrang. Ich knurrte wie ein riesiger, hungriger Löwe und brach meinem kleinen Südländer das Genick, ohne dass ich es verhindern konnte. Es war egal, ich ließ ihn fallen, konzentrierte mich ganz auf Wolf.
Ich spürte ihn, seinen Geruch, seine Leidenschaft, die auf mich über ging. Er wollte mir Schmerzen zufügen, er wollte mich erniedrigen, ich spürte es, aber ich ließ es nicht zu, was auch immer er mir gab, ich gab es ihm zurück, mit derselben Stärke.
Es war wie ein Schock als er seinen Penis plötzlich und ohne Vorwarnung aus mir herauszog. Er atmete heftig, hielt mich mit seinen kräftigen Armen auf Abstand.
»Nein, nicht hier, ein Toter genügt!« Ich folgte seinem Blick.
Der Südländer rührte sich nicht. Er war tot, hatte aber

davor noch seinen Orgasmus gehabt. Le petit mort, in anderer Bedeutung.
Meiner Leidenschaft tat das keinen Abbruch, ich war nicht mehr Herr meiner Sinne. Wolf wusste, was zu tun war. Er war es, der mich anzog, der meine Leidenschaft kontrollierte.
Wie Tiere trieben wir herum. Gewalt stieß auf Gewalt, ein geistiger Orgasmus folgte dem anderen. Es war wie eine Befreiung, wie etwas, das ich seit Ewigkeiten gesucht, aber nie gefunden hatte. Jetzt war es da. Diese Hingabe, die Schmerzen, die in meinem Körper Regungen hervorriefen, die nie zuvor durch mich geflossen waren.
Wir waren eins, Wolf und ich, er tat, ich reagierte, ich tat, er reagierte. Es war wie vor einer Explosion, kurz davor zur Eruption zu kommen, doch die Lava brannte nur.
Vollkommen war die Musik vergessen, der Ort war egal, Wolf war es, der zählte. Ewig hätte der Moment dauern sollen, niemals.
Ein Schrei, einem hysterischen Kreischen gleich, durchdrang die Idylle. Es war nicht Wolf und auch ich hatte außer dem inzwischen schon vertrauten Knurren keinen Ton von mir gegeben. Ich spürte wie sich Wolfs Penis, immer noch hart und fordernd aus mir zurückzog.
Die Gegenwart hatte uns eingeholt. Es war hell, und falls man Romantik erwartet hätte, so war die Nüchternheit der Realität ein gutes Mittel jegliche Lust zu vertreiben.
Jemand hatte im Darkness das Licht angeschaltet. Ungewohnte Helligkeit und Dinge, die man besser in Dunkelheit gelassen hätte.
Der kleine Südländer lag immer noch tot am Boden, sein nackter Körper blutverschmiert. Striemen, die ich an seinem Körper zuvor nicht wahrgenommen hatte, gaben

ihm etwas Groteskes. Fast als hätte ein Tier versucht ihn zu zerfleischen. Wolf stand neben mir, auch sein Körper mit kleineren Kratzern überzogen, ebenfalls Blut verschmiert, und als ich an mir herab sah... ich sah nicht besser aus. Wolfs Blick war eiskalt, aber ich glaube ein Grinsen gesehen zu haben, unheimlich.
Wir waren nicht allein. Der Schrei war von einem Armeetypen gekommen. Na ja, hatte wohl nicht so ganz geklappt mit der Männlichkeit. Er hatte zwar den Körper eines Mannes, das Aussehen eines Machos, aber der Schrei hatte etwas sehr feminines. Peinlichkeiten des schwulen Alltags, aber es gibt Männer, die das kultivieren. Der Stereotyp muss ja irgendwoher kommen.
Die Kreischtucke war in Begleitung eines der Barkeepers, des DJs und einem anderen Mann, ich glaube dem Besitzer. Sie sahen uns alle drei erschrocken und teilweise auch ängstlich an. Hinter aufgespannten schwarzen Latexfolien hörte ich das verunsicherte Getuschel der anderen Gäste. Man wartete wohl auf die Polizei, wusste aber nicht so recht, was geschehen war. Von einem Überfall war die Rede, und von Mord.
Nur die Angestellten, der Armeemann, Wolf und ich sahen die Tatsachen.
Wir schwiegen. Was hätte man auch sagen sollen? Und ich muss gestehen, dass ich auch nicht sicher war, was passiert war. Den Tod des Südländers habe ich mitbekommen, ich war es ja, der sein Genick brach. Es war mir egal. Es war sein Risiko. Woher das Blut und die Kratzer kamen, konnte ich mir nicht erklären. Weder Wolf noch ich schienen jedoch größere Verletzungen zu haben, und die Schmerzen, die ich verspürte kamen nicht von den blutigen Striemen.
Aufruhr am Eingang des Darkness. Die Polizei war wohl

gekommen. Niemand in unserer Gruppe schien sich bewegt zu haben, vielleicht waren auch nur wenige Augenblicke vergangen. Meine Wahrnehmung hatte sich verändert, hatte noch nicht in die Normalität zurückgefunden.
Wolf knurrte neben mir, ich knurrte zurück. Das Geräusch hatte etwas Bedrohliches, Gefährliches, die Männer wichen zurück. Und dann rannte Wolf einfach über sie hinweg. Der DJ und der Barkeeper wurden zu Boden gerissen, der Möchtegernmacho schrie wie am Spieß.
Ich folgte Wolf ohne nachzudenken. Von der Panik, die sich im Darkness breit machte, bekam ich wenig mit, auch die Schüsse der beiden erstaunten Polizisten waren nicht mehr als Randbemerkungen.
Nackt wie wir waren rannten Wolf und ich auf die Straße. Es war unter der Woche, irgendwann weit vor Morgengrauen. Niemand war zu sehen. Ein Park in der Nähe war unsere Zuflucht. 500 Meter vom Darkness entfernt, und wir rannten als ob der Tod hinter uns war.
Ich bin ein Mörder, aber in diesem Moment spielte das keine Rolle. Ich spürte die Sicherheit, die von Wolf ausging. Seltsam.

Im Park kamen wir zur Ruhe, aber wir waren nicht erschöpft. Wolf begann sogar zu lachen. Jetzt war er anders als im Darkness.
»Willkommen in der Dunkelheit!«, knurrte er und lachte lauter, während das Licht des vollen Mondes seinen nackten Körper beschien. Die Kratzer waren fast verschwunden, nur noch das Blut war zu sehen.
Er lachte als er meinen verwirrten Gesichtsausdruck sah. Dann küsste er mich, berührte meinen Körper mit einer

Sanftheit, die das vollkommene Gegenteil der Brutalität im Labyrinth darstellte.
Ich wollte nach der Bedeutung seiner Worte fragen, aber seine Lippen verschlossen meinen Mund. Sanft schob sich seine Zunge zwischen meine Lippen.
Geschlossen waren meine Augen, ganz den Augenblick genießend, das Geschehene teilweise vergessend.
Das Rascheln eines Busches ließ mich zusammenzucken. Wolf blieb ruhig, er ließ sich dadurch nicht stören. Ich fühlte mich beobachtet. Die Polizisten waren es nicht, die würden wohl kaum zwei Mördern beim Liebesspiel zusehen wollen. Ich löste mich aus Wolfs Fängen. Er ließ das nicht zu, aber ich erwies mich als der Stärkere.
Wir waren tatsächlich nicht alleine. Ein weißer Wolf saß in unserer Nähe und beobachtete uns. Ein Wolf? In der Innenstadt? Es musste ein Hund sein, aber ich war mir hundertprozentig sicher, dass es ein Wolf war, nein, eine Wölfin.
Wolf sah die Wölfin an. Er schien keine Angst zu verspüren, genauso wenig wie ich. Nichts Bedrohliches ging von dem Tier aus.
»Nicht jetzt!«, sagte Wolf, wobei ein Knurren seine Worte begleitete.
Die Wölfin stand auf, sah mich neugierig, interessiert an, dann lächelte sie und verschwand in den Schatten.
»Willkommen in der Dunkelheit!«
Es war die Stimme einer jungen Frau, die ich vernahm, die Stimme der Wölfin.
Ich spürte Wolfs Hand an meiner Schulter. Seine Stimme war leise, und sanft: »Wir folgen ihr, der Ort ist zu nah an der Bluttat. Wir müssen an einen ungestörten Ort!«
Ich hörte die Worte, spürte seinen Atem, die Härte seines wiedererwachten Gemächts. Und ich spürte etwas

anderes, eine Veränderung, die jetzt ihren Abschluss gefunden hatte.
Ich spürte die Veränderung an Wolfs Körper ehe ich sie sah. Es war im Moment eines Augenblickes und aus dem stattlichen Mann war ein stattlicher weißer Wolf geworden. Geduldig stand er neben mir. Dann folgte er der Wölfin und ich folgte ihm. Als Mensch.
Die Wölfin heulte, und in der gesamten Stadt schien ihre Nachricht erwidert zu werden. Auch Wolfs lautes Geheul durchbrach die Nacht. Lichter gingen an, und Menschen sahen auf die Straße. Hunde spielten verrückt, Katzen brachten sich in Sicherheit. Das Heulen der Wölfe war allgegenwärtig.
Wolf, der Wolf, sah mich an. Er hatte etwas Forderndes, und ich wusste, was er wollte.
Die Verwandlung war schnell und schmerzlos. Ich war ein Wolf wie er. Schwarz war mein Fell und Dark war mein Name. Ich schloss mich den Wölfen an, schnell verbreitete sich die neue Nachricht:

Wolf hatte einen Gefährten erwählt. Das Rudel nahm Dark auf.

Willkommen in der Dunkelheit.

Darkroom

Dunkelheit. Leise, psychedelisch angehauchte Musik, ständig gegenwärtig, doch unaufdringlich. Lauter das Stöhnen der sexuell Erregten. Hin und wieder ein Schrei des Schmerzes oder der Lust.
Cruising unlimited, kurz nach zwölf, an einem Mittwoch. Das Darkness, am Wochenende eine Gay-Disco für Jeans und Leder, hatte seine Pforten für eine Veranstaltung der anderen Art geöffnet: Dem »Labyrinth«. An diesem Tag sogar mit Motto: »Facials«. Jeder Bartträger bekam ein Bier umsonst. Das bedeutete jedoch nicht, dass nicht auch der ein oder andere rasierte Kerl willkommen war. Hauptsache er ließ sich ficken, konnte ficken, oder war für die ein oder andere sexuelle Schandtat bereit. Aber das waren alle, sonst würden sie diesen Ort an Labyrinth-Tagen meiden. Hier herrschte die pure Lust, das Verlangen nach einer schnellen Nummer. Jeder konnte hier seinen Fantasien freien Lauf lassen.
Und man konnte sicher sein, dass das Leben an diesen Tagen jenseits des Darkrooms stattfand. Man wollte sehen oder gesehen werden, auch wenn die Lichtverhältnisse nicht sonderlich gut waren. Aber es war heller als im Darkroom, und es gab mehr Platz.
Netze und Latexfolien waren an die Decke gespannt und trennten die Tanzfläche ab. So war ein Irrgarten aus Nischen und Sackgassen entstanden, wo sich die Kerle ganz ihren Spielereien hingeben konnten.

Ich war ein regelmäßiger Besucher des Darkness, nicht nur zu Labyrinthzeiten, auch an den Wochenenden. Mir gefielen das Flair und auch die Männer. Es war selten,

dass ich die Disco alleine verließ, ein Partner für die Stunden bis zum Sonnenaufgang war leicht zu finden. Wenn sich allerdings die Türen des Labyrinths geöffnet hatten, musste ich niemanden nach Hause nehmen. Ich bekam meine Befriedigung an Ort und Stelle.
Als ich das Darkness betrat, war schon einiges los. Verständlich, mussten die meisten am nächsten Tag wieder zur Arbeit.
Nachdem ich in die Tiefen des Labyrinths hinab gestiegen war, musste ich mich erst an die Lichtverhältnisse im Keller gewöhnen. Es kam mir dunkler vor als sonst.
Als ich meine Augen einigermaßen an die Dunkelheit angepasst hatten, und ich zumindest Schemen erkennen konnte, verschaffte ich mir einen Überblick. Bekannte Gestalten konnte ich nicht ausmachen. Das einzige brauchbare Licht war an den Bars, wo auch einige Lederkerle ihr Bier tranken, zu zweit, zu dritt oder, noch, alleine. Mein Bier konnte warten. Erst wurde die Lage im Labyrinth selbst geprüft.
Ich atmete tief ein, erfasste den Geruch von Schweiß, männlicher Lust, Poppers, Bier. Gewöhnungsbedürftig, aber mir gefiel es. Vor allem das Poppers versuchte ich tief in mich aufzunehmen, um mich tiefer von der herrschenden Begierde treiben zu lassen. Ich hatte zwar mein eigenes kleines Fläschchen dabei, aber der besondere Kick bestand darin, mit anderen zu schnüffeln.
Leicht benebelt ging ich durch die künstlichen Gänge. Gutgebaute Männer, in Jeans oder Leder boten mir hemmungslos ihre riesigen Ständer an. Sie stöhnten auffordernd und spielten an ihren Nippeln. Manchmal erregte mich das, heute fand ich es zu billig. Ich suchte

das Besondere. Kurz sah ich zwei Glatzköpfen beim Fisten zu, aber die Gangart war mir doch etwas zu heftig. Die beiden hatten ihren Spaß, das sah und hörte man. Auch die Zuschauer schienen Gefallen an der Darbietung zu finden. Ich schlängelte mich an einem muskulösen Kerl vorbei und bekam sein hartes Ding zwischen die Rippen. Er flüsterte mir etwas ins Ohr, aber ich hörte nicht auf seine Worte, sondern ging einfach weiter.
Als ob die beiden Glatzköpfe den gesamten Verkehr aufhalten würden, war danach kaum jemand zu finden. Das lustvolle Stöhnen war allgegenwärtig, so dass ich nicht ausmachen konnte, wo etwas abging und wo nicht.
Meine Kenntnis der kleinen Tanzfläche sagte mir, dass ich bald an der Wand angelangt war. Kurz davor machten die Latextücher eine Rechtskurve und ich folgte dem Weg in absolute Dunkelheit. Ich sah nichts, hörte aber das Atmen einer anderen Person.
Langsam tastete ich mich voran. Ich wollte nicht unabsichtlich auf den anderen Mann treten. Aber ich hätte mir keine Sorgen machen müssen. Seine Hand griff nach meiner und führte mich dicht an ihn heran. Ich spürte den leisen, erwartungsvollen Atem, dann verschlossen warme Lippen meinen Mund.
Ich war gespannt, auf welches Spiel ich mich einließ. Während unsere Zungen sich spielerisch erkundeten, versuchten meine Hände den fremden Körper zu ertasten um ein geistiges Bild erschaffen zu können. Was ich erspürte, gefiel mir.
Ein muskulöser Oberkörper, ohne überflüssiges Fett, die richtige Muskelmasse. Seine Hände führten meine an seinem Körper vorbei. Er ließ nicht zu dass ich ihm über die Brust streichelte, oder seinen Arsch berührte. Soweit ich das ertasten konnte, war er vollkommen nackt, und

ich spürte sein Glied an meinem Bauch. Es war steinhart und forderte Zuwendung. Er drückte mich zu Boden und gierig gab ich seinem Verlangen nach. Mein eigener Schwanz gierte nach Freiheit, und während ich zu Boden glitt um mich um sein riesiges Gemächt zu kümmern, öffnete ich meine eigene Hose.
Der gegenwärtige Geruch von Poppers benebelte meine Sinne, im gleichen Maße wie meine Geilheit stieg. Ich wollte seinen riesigen Riemen in den Mund nehmen, und ihm Freuden zuteil werden lassen, die er sich nur erträumen konnte. Bevor ich ihm aber meine volle Aufmerksamkeit schenkte, entledigte ich mich noch meines Hemdes. Dann schob ich sanft meine Lippen über sein beschnittenes Glied. Er stöhnte laut auf als ich seinen Schaft fast bis zum Anschlag in meiner feuchten Höhle verschwinden ließ. Er war rasiert, und ich roch die angenehme Feuchte seines Schrittes. Seine lustvollen Schreie stachelten mich noch mehr an. Aber ich ließ mir Zeit. Vorsichtig bewegte ich meinen Kopf vor und zurück, während meine Zunge spielerisch leckte.
Mein eigener Ständer brauchte nicht viel Aufmerksamkeit, um mich bis kurz vor den Orgasmus zu bringen. Aber ich war noch nicht so weit. Ich wollte diese Begegnung bis ins letzte auskosten. Und es war mir egal wer dieser heiße Typ war. Im Moment gab es nur mich und sein steifes Teil.
Ich wollte an seine Nippel greifen, doch er ließ es nicht zu. Stattdessen führte er mich an seinen unbehaarten Hintern. Meine Finger spürten das einladende Zucken der Rosette. Ich fackelte nicht lange und mit einer heftigen Bewegung stieß ich meinen Zeigefinger in das Loch. Er zuckte kurz zusammen, fing dann aber rhythmisch an, mit seinem Becken zu kreisen. Sein Muskel spielte mit

meinen Fingern. Mit all meiner Kraft drückte ich ihn gegen die Wand, versuchte seinen Schwanz noch tiefer zu schlucken, bis zur Grenze des Übergebens. Ehe ich mir bewusst wurde, was geschah, hatte ich meine ganze Hand in seinem After. Ihm schien das zu gefallen.
Er genoss die Behandlung, blieb aber nicht untätig. Seine Hände erkundeten meinen Körper. Sanft war die Berührung, und oft folgte einem einfachen Anstoß ein leichter Schauer der Erregung. Meine Augen waren geschlossen.
»Fick mich!«
Seine Stimme klang so männlich. Ich stand auf und holte ein Kondom aus meiner Hosentasche. Noch bevor ich jedoch die Verpackung aufreißen konnte, wurde es mir aus der Hand geschlagen.
»Ohne!«
Was jetzt? Das war dann wohl das Ende. Meine Devise: Nur mit Gummi. Langsam versuchte ich mich zurückzuziehen, als er mich mit stahlhartem Griff an sich zog.
»Nein!«
Mein lauter Protest wurde ignoriert. Er verschloss meinen Mund mit einer Hand und drückte mich fest auf den Boden. Dabei zeigte er seine ganze Stärke. Egal wie ich mich wand, ich konnte ihm nicht entkommen. Und ich wurde das Gefühl nicht los, dass wir nicht alleine waren. Ich konnte um mich schlagen soviel ich wollte, er und seine Helfer waren stärker als ich.
Eine Hand hielt mir den Mund zu, zwei weitere drückten mich zu Boden. Dann spürte ich wie er sich auf mich setzte und sein begieriges Loch meinen steifen Schaft verschluckte. Das Spiel mit dem Feuer hatte seinen Reiz, und auch mein lüsterner Penis spürte das. Es kam einer

Vergewaltigung gleich, aber ich hatte Spaß, so widersprüchlich das auch klingen mag. Die Konsequenzen waren vergessen, der Moment zählte. Und der Poppersnebel tat den Rest. Sein lautes Gestöhne vereinte sich mit meinen lustvollen Lauten. Seine Bewegungen wurden schneller während ich seinen Arsch penetrierte. Hände glitten an meinen Schenkel herab und kraulten sanft meine Eier. Die Reizüberflutung, die Gerüche, die Nähe der Gefahr, die Geilheit des Moments trieben mich an den Rand des Orgasmus. Ich wollte abspritzen, sofort, und ich wollte es nicht. Kurze Momente der Vernunft kamen zum Vorschein, wurden aber schnell wieder verdrängt.
Ich schnellte vor, stieß meinen Schwanz in die Tiefen des Unbekannten und ergoss mich in ewigen Zuckungen. Laut schrie ich meine Lust heraus, als wäre es der letzte Orgasmus meines Lebens.
Und so fühlte es sich an. Ewig floss der Samen. Nur am Rande nahm ich wahr, wie sich mein Partner verkrampfte und seine Ladung in die Dunkelheit verschoss, eher er über mir zusammenbrach. Sein Atem war schwer, ebenso wie meiner, und wir brauchten einige Zeit um ruhiger zu werden.
Als ich die Augen öffnete, umgab uns immer noch die Dunkelheit. Aber in dieser Dunkelheit entdeckte ich zwei noch dunklere Augen. Sie sahen mich an. Ich zuckte zusammen, hielt alles nur für eine Vorstellung meiner benebelten Sinne. Ich spürte eine Hand auf meiner Brust. Vorsichtig strich sie über meine spärliche Behaarung.
Die Musik hatte etwas einschläferndes, und an die anderen Nebengeräusche hatte ich mich gewöhnt, dass ich sie nicht mehr wirklich wahrnahm. Bevor ich jedoch davon dämmern konnte, riss mich ein dunkles Lachen in

die Realität zurück.
Die dunklen Augen waren immer noch da, aber die Lichtverhältnisse hatten sich gebessert. Ich konnte jetzt sehen wer meine Lust geteilt hatte.
Ängstlich wich ich zurück, aber weiter als bis zur Wand kam ich nicht. Vor mir stand kein Mensch, es war ein Wesen ganz anderer Natur, auch wenn es entfernt einem Mann glich. Er, oder es, sah aus wie ein Monster aus einem Horrorfilm, oder ein fleischgewordener Albtraum. Er war groß und schlank, genauso wie ich es ertastet hatte. Seine Haut war bleich, fast wie Alabaster. Sein mittellanges schwarzes Haar stand in allen Richtungen. Das war noch das Menschlichste an ihm. Seine Augen waren mandelförmig und vollkommen schwarz, dunkler als die Dunkelheit. Das Ungewöhnlichste jedoch waren die Tentakel. Die Brust war voll davon. Weiße Gliedmassen in unzählbarer Menge. Und zwischen den Beinen ... ein dicker Tentakel, der entfernt einem männlichen Glied glich, nur größer und dicker. Ich übergab mich. Der Geruch meiner Kotze mischte sich unbemerkt in die restlichen Düfte. Erneut lachte das Wesen, aber es klang nicht bedrohlich.
»Danke!«, flüsterte es mit dunkler Stimme, dann verschwand es in der Dunkelheit. Als ob es nie hier gewesen wäre. Nackt, verwirrt und mit einem unbeschreiblichen Gefühl des Verlangens blieb ich zurück.
Was genau in mir in diesem Moment vorgegangen ist, kann ich nicht beschreiben. Niemals zuvor und auch danach hatte ich kein vergleichbares Gefühl mehr. Und mit der Zeit verschwand auch der Ekel und ich wünschte tatsächlich eine weitere Begegnung mit diesem Wesen. Während andere sich mit schwulen Pornos die

Handarbeit erleichtern oder sich Szenen mit ihren Lieblingsstars ausmalten, hatte ich ein anderes Bild meiner Lust ... auch wenn ich es nie wieder sah.

Besessen

Gelangweilt sah Greg sich um. Vampire kuschelten sich an Matrosen, nackte Haut rieb an nackter Haut. Und davon war viel zu sehen. Trotzdem fühlte sich Greg fehl am Platze. Er war nur wegen Simon und David hier. Die beiden waren völlig begeistert von der Halloween-Party. Die wenigsten Leute kannte er, und selbst wenn, erkannte er sie unter ihren Kostümen nicht.
Halloween. Eine amerikanische Tradition, die vor ein paar Jahren auch Deutschland heimgesucht hatte. Anfangs waren die Partys noch spärlich gesät, aber mit der Zeit änderte sich das. Ein Wunder, das hier soviel los war, schließlich war es nicht die einzige Party dieser Art.
Eine übergeschminkte, stark angetrunkene Dragqueen, die wie eine in einen Farbtopf gefallene Inge Meysel wirkte, rauschte an Greg vorbei und hätte fast das Gleichgewicht verloren. Sie nuschelte eine Entschuldigung, versuchte einen kleinen Flirt, aber als sie seinen bösartigen Blick sah, floh sie in die Arme eines ahnungslosen Matrosen.
Greg saß alleine in einem Sessel, an einer strategisch günstigen Stelle. Er konnte auf die Tanzfläche sehen, aber jemand Interessantes entdeckte er nicht. Greg warf einen Blick auf seine Uhr. Es war erst halb elf. Viel zu früh um zu gehen, aber vielleicht war in seinem Lieblingschatroom mehr los. Er stand auf und machte sich intensiver auf die Suche nach seinen Freunden. Da fiel sein Blick auf den Engel. Der Mann war ihm unbekannt, aber er könnte ihm den Abend durchaus versüßen. Er sah interessant genug aus um einen Flirt zu wagen. Ihre Blicke trafen sich. Ein diabolisches Lächeln glitt über das Gesicht des Engels. Dann verschwand er

aus Gregs Blickfeld. Simon und David waren vergessen, jetzt war Greg auf der Jagd, Robin Hood jagte einen Engel. Da liefen zahlreiche hübsche Kerle durch die Gegend, stellten sich wie Pfauen zur Schau, aber Gregs Interesse konnten sie nicht wecken. Dann huschte kurz ein Engel in sein Sichtfeld und alles andere war egal. Gut, es war kein Engel, nur ein Kostüm, aber ein sehr gelungenes. Obwohl, Greg grinste lüstern, wenn alle Engel so aussahen ... er führte den Gedanken nicht weiter. Abwesend rannte er in ein knutschendes Pärchen: Oberon und Puck, alias David und Simon.
»Und?«, fragte Simon ihn. »Wie gefällt es dir?«
»Bis jetzt habe ich mich gelangweilt«, antwortete Greg . »Aber ich glaube, das hat sich vor ein paar Minuten geändert.«
»Häh?« Verständnislos sahen ihn seine Freunde an.
»Habt ihr einen Engel gesehen?«
»Engel?«
»Ungefähr 1,70 groß, Glatze, blonder Dreitagebart, nackter Oberkörper, Engelsflügel...«
Simon und David schüttelten den Kopf.
»Dann suche ich weiter.« Greg ließ die beiden stehen. Er konnte sich die Fragen denken, die sich gerade in ihren Gedanken formten. Später würden sie alles über den Engel wissen wollen. Wenn er etwas zu erzählen hatte. Und er hoffte das, nicht wegen seiner Freunde, sondern wegen seiner selbst. Aber der Fremde schien wie vom Erdboden verschluckt. Kein anderer schien sich an den Mann erinnern zu können. Auch im Darkroom war er nicht. Dort hatte Greg ihn zwar zuerst vermutet, aber er hatte sich getäuscht. Dann halt nicht.
Gregs Enttäuschung war groß. Dabei schien die Nacht schon fast gerettet. Von einem Engel, wie passend. Aber

dann war alles nur Trug. Ob er sich die Gestalt nur eingebildet hatte? Ein unangenehmes und unerwartetes Gefühl der Angst kroch langsam über seinen Rücken und ließ ihn erzittern. Er sah sich um, konnte aber den Grund seines Erschauderns nicht entdecken. Er ignorierte das Gefühl und ging zurück zu Simon und David. Als er an einem der zahlreichen Spiegel, die sich an der Wand der Disko befanden, um sie größer wirken zu lassen, vorbeikam, spürte er Blicke auf sich ruhen. Sein Betrachter war groß, muskulös, ein ansehnlicher Mann. Glatzköpfig, mit gepflegtem Dreitagebart. Er zeigte viel nackte Haut, allerdings in einem unnatürlich wirkenden glänzenden Rot. Ein Lendenschurz war seine einzige Bekleidung, auf Schuhe hatte er verzichtet. Pferdefuß und Schwanz fehlten zwar um das Bild eines Teufels perfekt zu machen, nicht aber die beiden kleinen Hörnchen auf der Stirn. Dann war der Mann auch schon verschwunden. Greg verspürte Erleichterung, als er seine Freunde traf. Der Anblick des Teufels hatte ihn mehr eingeschüchtert, als er zugeben wollte, auch wenn er zugeben musste, wie lächerlich das war.
»Und?«, fragte Simon. »Wo ist dein Engel?«
Bevor Greg jedoch zu einer Antwort ansetzen konnte, war ein schriller Schrei zu hören. So laut, dass selbst die Musik des DJs übertönt wurde. Vor den Toiletten gab es einen Aufruhr. Die Musik verstummte. Wohin Greg auch sah, überall fragende Gesichter. Teufel und Engel sah er jedoch nicht.
»Lasst uns doch mal schauen!«, schlug David vor und zog Simon und Greg in Richtung Toilette. Die Tür war offen und gab den Blick ins Innere frei.
Zwei Orte gab es in Diskotheken, die Greg mied: Darkrooms und Toiletten. Erstere, weil er Spaß und nicht

Sex haben wollte, und wenn dann nicht hier, letztere, weil sie eher unansehnlich und dreckig waren, und meist für andere Zwecke benutzt wurden. So war es auch hier. Klopapier lag verstreut auf dem nassen Boden, eines der Pissoirs war verstopft und ließ unaufhörlich Wasser auf die Fließen tröpfeln. Die Türen der Kabinen waren offen. Greg schlängelte sich durch die neugierige Masse um den Grund des Aufruhrs besser sehen zu können. Vor einer der Kabinen saß die misslungene Inge Meysel. Sie war es, die geschrieen hatte. Und nicht ohne Grund. Auf der Kloschüssel saß, an die Spülung gelehnt, der Engel. Blutrote Flügel, nackt, mit weit geöffneten Augen. Der Bauch war aufgerissen, aber die Innereien fehlten. Aber wer hätte sie unbemerkt entfernen können?
Greg wurde schwindlig. Er hörte noch den Ruf nach Polizei und Krankenwagen, dann verlor er das Bewusstsein.

Greg erwachte in absoluter Dunkelheit. Er lag auf einer weichen Unterlage, einem Bett, wie es schien, aber mehr konnte er nicht erahnen. Und er war nackt. Vorsichtig tastete er sich voran. Es war tatsächlich ein Bett, auf dem er lag. Es war groß genug, mehreren Personen Platz zu bieten. Greg erfühlte einige flauschige Kissen und eine dünne Bettdecke. Wo war er nur gelandet? Langsam kamen die Erinnerungen zurück. An den toten Engel auf der Toilette. Dass er das Bewusstsein verloren hatte. Aber wie war er hierher gelangt? Warum war er nicht im Darkness, oder im Krankenhaus? Was geschah mit ihm?
»Ah, ich sehe, du bist aufgewacht«, sagte eine tiefe Stimme in der Nähe.
Greg zuckte zusammen. »Wo bin ich?«, fragte er.
»In Sicherheit«, war die nichts sagende Antwort. Greg

tastete sich an den Bettrand und setzte sich auf.
»Wie bin ich hierher gekommen?«
»Ich habe dich hierher gebracht.«
Greg seufzte. Seine Fragen wurden nur ausweichend beantwortet, dennoch wollte er mehr über die näheren Umstände seines Hierseins wissen.
»Wer bist du?«
»Avarael.«
Was für ein seltsamer Name. Greg konnte damit nichts anfangen. Er hatte den Namen nie zuvor gehört.
»Ich kann nicht sehen«, sagte er.
»Oh!«, erwiderte sein Gastgeber erstaunt. »Das habe ich vergessen.«
Sofort wurde es hell, und Greg schützte seine Augen vor dem plötzlichen Licht. Als er sich an die veränderten Lichtverhältnisse gewöhnt hatte, sah er sich seinen Entführer genauer an. Avarael war kein Mensch, obwohl durchaus Ähnlichkeiten bestanden. Und er hatte ihn schon einmal gesehen. Im Darkness. Avarael war der Teufel.
»Keine Angst!«, versuchte Avarael ihn zu beruhigen. »Ich will dir nichts tun.«
Da war sich Greg aber nicht so sicher. Warum sollte er sonst hier sein? Er zitterte am ganzen Körper, kalter Schweiß floss seinen Rücken hinunter, und sein Herzschlag beschleunigte sich.
»Warum bin ich hier? Und wer bist du?«
Der Teufel lächelte und stand auf. Greg wich zurück, aber das Bett bot ihm keinen Schutz. Verzweifelt sah er sich um, aber das Zimmer hatte nur das Bett. Und die Tür in Avaraels Rücken.
»Was willst du?«, fragte Greg mit zitternder Stimme. Er konnte seine Angst nicht verbergen. Er war zwar kein

Schwächling, aber angesichts der Brustmuskeln Avaraels musste er bei einem Kampf eindeutig den kürzeren ziehen.
»Nur reden«, antwortete der Teufel. »Für den Anfang reicht das.«
»Bleib, wo du bist, dann reden wir! Über was auch immer du reden willst.«
Tatsächlich blieb Avarael stehen. Greg verhüllte seine Blöße mit der Decke.
»Du kannst dich nicht an mich erinnern, nicht wahr?«, begann Avarael.
»Ich habe dich kurz im Darkness gesehen.«"
»Das meine ich nicht. Ich kenne dich schon länger.«
»Wie meinst du das?«
»Du erinnerst dich nicht?«
Die Stimme Avaraels klang bestürzt. Das passte so gar nicht zu dem seltsamen Wesen. »Du musst dich erinnern«, jetzt klang er schon fast wie ein trotziges Kind. »Ich war immer da.«
Fragend sah Greg Avarael an.
»Erinnere dich!«, flehte der Dämon. Der winselnde Ton löste in Greg tatsächlich eine Art Barriere und er erinnerte sich an Dinge, die er verdrängt hatte, an die er sich auch gar nicht hatte erinnern wollen.
Wie ein Film, der zurückgespult wurde, liefen einige Szenen aus seinem Leben ab. Begegnungen und Ereignisse, die zum Zeitpunkt des Geschehens nicht wichtig erschienen, oder so normal waren, dass sich das Bewusstsein nicht weiter damit aufhielt. Noch einmal sah Greg den Engel vor sich. Es wurden Blicke ausgetauscht, dann verschwand der Kerl. Noch einmal sah Greg den ausgeweideten Typen. Aber seine Erinnerungen reichten weiter zurück. Wochen, Monate, fast ein Jahr. Es waren

Männer, denen er nachgesehen hatte, mit denen er manchmal auch ein paar Worte gewechselt hatte. Mit zwei oder drei Typen hatte er ein paar nette Stunden verbracht, aber nie war mehr daraus geworden. Selbst wenn Telefonnummern ausgetauscht worden waren, gemeldet hatten sie sich nie. Und Greg meldete sich grundsätzlich nicht. Die Kerle taten es ebenso wenig. Sie waren verstorben, meist in der Nacht, ermordet auf sehr grausame Weise. In den Zeitungen war von einem »Metzger« die Rede, manchmal auch von einem »Chirurg des Todes«.

Greg hatte den Nachrichten jedoch nie sonderlich viel Aufmerksamkeit geschenkt, und auch keinen Zusammenhang zwischen den Toten und seinen flüchtigen Bekanntschaften gesehen. Die Leichen waren bis zur Unkenntlichkeit verstümmelt, und die Namen wurden selten erwähnt.

Er dachte nach. Sechs Tote dieser Art hatte es gegeben, sieben, wenn man den Engel mitzählte.

Er erbleichte. Er hatte die Toten gekannt, vielleicht war er der Letzte, der sie lebend gesehen hatte. Langsam wich er vor Avarael zurück. Der Dämon blieb stehen. Greg stieg vom Bett.

»Du brauchst keine Angst haben!«, versuchte der Dämon ihn zu beruhigen. »Dir werde ich nichts tun.«

»Warum?«, brachte Greg keuchend hervor. »Warum machst du das?« Seine Stimme zitterte.

»Weil ich dich liebe.«

Damit hatte Greg nicht gerechnet. Überrascht gaben seine Knie nach und er glitt zu Boden. Innerhalb eines Augenblicks war der Dämon bei ihm und stützte ihn. Laut schrie Greg seine Angst hinaus. Er wollte nicht von diesem Wesen berührt werden, er wollte nicht in seiner

Nähe sein, er wollte nicht...
Fast zärtlich waren die Berührungen des Dämons. Avarael führte Greg zurück ans Bett, sprach ihm tröstende Worte zu, und legte seine Hände beruhigend auf die Schultern. Greg hörte ihn nicht, wollte ihn nicht hören. Es war wie eine geistige Flucht, eine Art Schutzmechanismus, der den jungen Mann vor der Wahrheit zu schützen suchte.
»Ich träume, das kann nicht sein, ich träume.«
Ständig wiederholte Greg diese Worte um dem Dämon nicht zuhören zu müssen. Avarael zog seine Hände zurück. Greg fiel wie eine Puppe auf das Bett und nahm eine zusammengekauerte Stellung ein. Die Welt um ihn herum war vergessen. Hilflos sah der Dämon auf das sterbliche Objekt seiner Begierde.
»Das war wohl nichts.« Hämisch klang die weibliche Stimme aus einer Ecke des Raumes. Avarael zuckte zusammen und sah in die Richtung. Dort saß, im Lotossitz schwebend, eine Gestalt, ihm selbst nicht unähnlich, nur dem anderen Geschlecht angehörend. Aralla, seine Schwester .
»Was willst du hier?«, herrschte er sie an.
»Och, Brüderchen, sei doch nicht so«, versuchte die Dämonin ihn zu beruhigen. »Ich wollte nur sehen wie du mit deinen Liebesbemühungen voranschreitest.« Sie warf einen Blick auf den kauernden, zitternden Menschen auf dem Bett. »Na, ich würde mal sagen, das war nichts.«
Avarael knurrte sie wütend an.
»Ruhig, Brüderchen, niemand tut dir etwas.«
»Spar dir deine blöden Kommentare!«, verlangte der Dämon, aber das brachte ihm nur ein Kichern seiner Schwester ein.
»Ach, weißt du, wenn ich es dir nicht schon gesagt hätte,

die Menschen sind für uns nicht bereit. Und du bist immer gleich so eifersüchtig.«
»Und du nicht, hm?«
»Die Waffen der Frauen sind andere als die der Männer. Und meine Eifersucht spielt nicht mit Eingeweiden.«
Wieder kicherte sie. Langsam schwebte sie auf Greg zu. »Aber ich muss schon sagen, ein niedliches Kerlchen ist er schon. Du hast einen guten Geschmack.«
»Halt!«, schrie Avarael. »Bis hierher und nicht weiter! Komm ihm nur nicht zu nahe!«
Aralla lachte lauthals. »Was soll ich ihm schon tun können«, sagte sie feixend. »Er befindet sich in seiner eigenen Welt. Schreib' ihn ab, mit dem kannst du nichts mehr anfangen!«
»Wie kannst du nur so gemein sein?« Avarael war den Tränen nahe. Manchmal hasste er seine Schwester. Sie hatte ein Feingefühl wie ein Betonmast.
»Ich bin halt so«, rechtfertigte sie sich.
»Er tut mir so Leid«, meinte Avarael. »Was kann er für meine Liebe?«
»Nichts«, war die zynische Antwort seiner Schwester. »Genauso wenig wie er etwas für deine Eifersucht kann. Aber ich bin ja kein Unmensch.«
»Doch«, widersprach Avarael. »Genauer gesagt bist du ein Dämon.«
»Dämonin, wenn ich bitten darf«, berichtigte Aralla. »Aber sei froh, dass ich das bin. Ich glaube nämlich, dass ich den Schaden beheben kann.«
Erstaunt sah Avarael sie an. »Wovon sprichst du?«
»Ach, Brüderchen«, sagte Aralla und schwebte zu ihrem Bruder um ihn zu umarmen. »Du warst schon immer seltsam. Ich fürchte es gibt Kräfte, von denen du nie etwas gehört hast.«

»Muss ich dich jetzt verstehen?«
Aralla seufzte, grinste ihren Bruder dann aber breit an.
»Lass uns einfach die Zeit zurückdrehen. Allerdings musst du mir einen Gefallen tun, oder besser gesagt dir.«
»Und zwar?«
»Ist das nicht offensichtlich? Zeige dich dem Menschen nicht in deiner wahren Gestalt. Du siehst ja wo das endet.« Sie deutete mit dem Kopf zu Greg. Dann begann sie mit einer seltsamen Darbietung. Sie gab ihre schwebende Haltung auf und stellte sich auf den Boden. Sie tanzte, wobei sie des Öfteren die Arme in die Luft warf und selbst elegante Sprünge vollzog. Avarael erkannte eine seltsame Choreographie, die ihm völlig fremd war. Er hatte immer schon gewusst, dass seine Schwester in vielen Dingen talentierter war als er selbst. Und tatsächlich zeigte der Zauber Arallas Wirkung. Die Dämonin vollführte eine Pirouette nach der anderen und mit jeder Drehung schien sich auch die Zeit zurück zu drehen. Avarael veränderte seinen Standpunkt nicht, aber irgendwann war Greg wie von Geisterhand verschwunden. Schließlich beendete Aralla ihren Tanz.
»So«, sagte sie. »24 Stunden. Das sollte genügen. Viel Spaß!«
Avarael bedankte sich und wollte das Zimmer verlassen, als ihn seine Schwester zurückpfiff.
»So nicht, Brüderchen! Was habe ich dir gesagt? Nicht in Dämonengestalt. Sonst war ja alles umsonst.« Sie zwinkerte ihm zu und er veränderte sofort seine Form.
»Und zieh dir was an!«, war Arallas letzter Rat, bevor sie in einer kleinen Nebelwolke verschwand.

Avarael wusste nicht wie er hieß, aber es spielte auch keine Rolle. Spätestens morgen würde es in den

Zeitungen zu lesen sein. Er wollte Gregor nur nahe sein, ihm seine Liebe gestehen können, wenn nicht in Dämonengestalt dann eben als Mensch. Dank Aralla kannte er die kommenden Ereignisse. Jetzt lag es an ihm sie zu verändern. Aralla mochte ihn für unfähig halten, aber er war immer noch ein Dämon mit Fähigkeiten, die ein Mensch sich nie erträumen konnte. Erst am Abend wollte er auf Gregor treffen, die Party war der ideale Ort. Dachte er. Er würde ihm als Engel erscheinen, so wie jener, den er getötet hatte. So wie jener, den er töten wollte. Sein Opfer war noch ein Telefonat vom Tod entfernt. Als der Mann sein Gespräch beendet hatte, tauchte Avarael wie aus dem Nichts auf. Ohne große Kraftanwendung brach er das Genick seines Opfers und ließ es achtlos zu Boden gleiten. Dann änderte er seine Gestalt und passte sie dem Toten an.

Avarael spürte Gregors Anwesenheit. Es war auch nicht schwer den jungen Mann zu finden. Während der Rest der Partygäste anscheinend sehr vergnügt war, sah sich Gregor gelangweilt um. Ein hoch gewachsener, schlanker Robin Hood, mit blondem Spitzbart. Der Dämon musste keine Gedanken lesen um den Gemütszustand des Menschen zu erkennen. Er wollte einfach nur weg. Avarael hatte sich beim ersten Versuch in der Menge versteckt, und nur auf die Gefühle seines Geliebten geachtet. Diesmal würde alles anders kommen. Immerhin war er es, der Gregor als Engel verführen wollte. Niemand sollte ihm in die Quere kommen.
Fast zufällig fiel Gregs Blick auf den Engel. Er grinste. Der Mann war ihm unbekannt, aber er könnte ihm den Abend durchaus versüßen. Er sah interessant genug aus um einen Flirt zu wagen. Ihre Blicke trafen sich. Ein

diabolisches Lächeln glitt über das Gesicht des Engels. Dann verschwand er aus Gregs Blickfeld. Die Langeweile war verschwunden, die Jagdsaison hatte begonnen. Fast zufällig rannte er in ein knutschendes Pärchen: David und Simon.

»Und?«, fragte Simon ihn. »Wie gefällt es dir?«

»Bis jetzt habe ich mich gelangweilt«, antwortete Greg. »Aber ich glaube, das hat sich vor ein paar Minuten geändert.«

»Häh?« Verständnislos sahen ihn seine Freunde an.

»Habt ihr einen Engel gesehen?«

»Engel?«

»Ungefähr 1,70 groß, Glatze, blonder Dreitagebart, nackter Oberkörper, Engelsflügel...«

Simon und David schüttelten den Kopf.

»Dann suche ich weiter.« Greg ließ die beiden stehen. Er konnte sich die Fragen denken, die sich gerade in ihren Gedanken formten. Später würden sie alles über den Engel wissen wollen. Wenn er etwas zu erzählen hatte. Und er hoffte das, nicht wegen seiner Freunde, sondern wegen seiner selbst. Aber der Fremde schien wie vom Erdboden verschluckt. Kein anderer schien sich an den Mann erinnern zu können. Auch im Darkroom war er nicht. Dort hatte Greg ihn zwar zuerst vermutet, aber er hatte sich getäuscht. Dann halt nicht. Gregs Enttäuschung war groß. Dabei schien die Nacht schon fast gerettet. Von einem Engel, wie passend.

»Hi!«

Der Gesuchte stand hinter ihm, verführerisch lächelnd. »Suchst du mich?«

Greg grinste breit. »Ich könnte jetzt eine tolle Anmache formulieren, aber ich denke ein einfaches JA genügt.«

»Für ein einfaches Ja waren das viele Worte. Ich bin

Avi.«
»Greg.«
Die beiden lächelten sich an.
»Ich habe gesehen wie du dich gelangweilt hast«, sagte Avi.
»Das hat sich geändert seit ich dich gesehen habe«, erwiderte Greg.
»Ich habe gehofft, dass du das sagst.«
Erstaunt sah Greg den Engel an. Dieser zuckte nur mit den Schultern und lächelte entwaffnend.
»Ich kenne einen Ort, an dem wir ungestört sind«, meinte Avi. »Wir müssten nur weg von hier.«
»Hier ist sowieso nichts los.«
Avi nahm Greg an die Hand und führte ihn durch die Menge der seltsamsten Gestalten.
»Ich bin weg«, sagte Greg nur, als er an David und Simon vorbeiging. Die beiden nickten nur, schenkten ihrem Freund aber keine weitere Beachtung.
Frischluft umfing Greg und Avi, als sie auf der Straße standen. Avi suchte ein Taxi und die beiden fuhren zu seiner Wohnung. Während der Fahrt sprachen sie kein Wort. Sie sahen sich an und hielten Händchen.
Greg war mit seinem Fang zufrieden. Er hoffte, dass diese Nacht nicht in einer Enttäuschung enden würde. Avi sah so viel versprechend aus.

»Es ist nichts Besonderes«, sagte Avi, als sie vor seiner Wohnung ankamen. »Aber für meine Bedürfnisse reichts.«
»Ich erwarte kein Schloss«, entgegnete Greg lächelnd.
Das war es auch nicht. Avis Wohnung war sehr klein und spartanisch eingerichtet. Nur das Nötigste war vorhanden, ein kleiner Vorraum führte in eine kleine

Küche, die gleichzeitig als Esszimmer diente. Eine Tür führte in das Bad, eine andere in das Schlafzimmer.
Greg fand keine Anzeichen auf Avis Persönlichkeit, nichts, was auf den Charakter des Engels hinwies.
»Lass uns duschen!«, schlug Avi mit Unschuldsblick vor. »Wir sind vollkommen verraucht und durchgeschwitzt.«
Greg nickte nur und ließ sich widerstandslos ins Bad führen. In einer beiläufigen Bewegung streifte Avi seine Flügel ab. Dann begann er zärtlich Greg zu entkleiden. Achtlos wanderten die grüne Weste und das grüne Hemd zu Boden. Wie zufällig ließ Avi seine Finger über Gregs Brust wandern. Er öffnete den Gürtel und schob die Hose nach unten. Greg trug keine Unterhose. Fasziniert blickte Avi auf seinen Schwanz. Steil und begehrend stand dieser auf. Der Engel wollte ihn berühren, doch Greg schob lächelnd seine Hand beiseite.
»Wollten wir nicht duschen? Dafür ist später noch Zeit.«
Avi nickte und meinte in betont desinteressiertem Tonfall: »Wenn du es solange aushältst?«
»Wir werden sehen.« Greg zuckte mit den Schultern und stieg aus der Hose. »Dann wollen wir doch mal sehen, was du zu bieten hast.«
Avi errötete tatsächlich als Greg ihm die Lederhose nach unten zog. Auch er war darunter nackt, und auch sein Glied reckte sich fordernd dem anderen Mann entgegen.
Greg lächelte. »Damit lässt sich sogar was anfangen.«
Avis Schwanz war groß, ein Monster von jenen fast 30 Zentimetern Länge, die in schwulen Kreisen so häufig, aber meist nicht mehr als Schaumschlägerei waren. Doch dieses Ungetüm stand nun vor Greg. Die rasierten Eier wirkten dagegen eher winzig. Gregs eigenes Gemächt selbst war auch nicht zu verachten, aber im Vergleich zu dem vor ihm wirkte es fast unscheinbar.

Beiläufig entledigten sich die Männer ihrer Schuhe und Socken. Avi streichelte Gregs Brust. »Das wird ein viel versprechender Abend«, sagte er, dann stieg er in die Duschkabine. Diese war gerade groß genug für die beiden, allerdings ließ es sich nicht vermeiden, dass sich ihre Körper berührten. Das störte sie nicht, sie wollten sich so nahe wie möglich sein. Avi ließ das Wasser laufen und seifte sich und Greg mit Duschgel ein. Es begann ein sinnliches Spiel mit den Händen. Das duftende Gel wurde gleichmäßig verteilt, wobei die Hände der beiden Männer keine Scheu zeigten. Als Greg es wagte einen Finger in Avis Hintern einzuführen, stöhnte dieser überrascht und lustvoll auf, drängte sich ihm dann aber entgegen. Mit geschlossenen Augen ließ er Greg gewähren. Zärtlich berührten sich ihre Lippen, doch bevor mehr daraus wurde, zog sich Greg zurück. »Wir wollen nur duschen.«
Der Duschvorhang beschlug langsam. Das Wasser war so heiß, dass sich feiner Nebel bildete. Die beiden Männer versuchten sich zu beherrschen, aber es war ihnen anzusehen, dass sie nichts lieber getan hätten als übereinander herzufallen. Abgetrocknet, und von den Gerüchen der Party befreit, führte Avi Greg in sein Schlafzimmer.
Irritiert blieb Greg an der Tür stehen als sein Blick in das Schlafzimmer fiel. Es bestand nur aus einem riesigen Bett und einer unscheinbaren Lampe an der Decke, ein Fenster fehlte. Er zögerte und musste von Avi fast gewaltsam auf das Bett gezerrt werden.
»Was ist?«, fragte er. »Hast du es dir anders überlegt?«
Greg schüttelte den Kopf. »Ich weiß nicht, ich habe das Gefühl hier schon einmal gewesen zu sein.«
Avi lachte unsicher. »Wie kann das sein? Wir kennen uns

doch erst seit ein paar Stunden.« Greg schob seine Zweifel beiseite. »Du hast Recht«, meinte er. »Wie kann ich das nur denken«"
Er küsste Avi sanft auf den Mund. Dann fielen sie wie Tiere übereinander her. Das warme Wasser der Dusche hatte ihre Begierde nur gesteigert, und nun, frisch gewaschen, kannten sie keinen Halt mehr. Sie wirbelten über das Bett, küssten und bissen sich, berührten sich zart oder etwas härter. Es war schnell ersichtlich, dass Avi der Stärkere der beiden war und so dominierte er über Greg. Aber dieser ließ mit sich geschehen, was auch immer Avi mit ihm machte. Als ihre Schreie und das Gestöhne überlaut wurden, hielt Greg kurz inne.
»Was werden deine Nachbarn denken?«, fragte er.
»Nichts«, erwiderte Avi. »Die Wände sind so dick, die hören nichts.«
Und schon fiel er erneut über Greg her, drehte ihn wie einen leichten Strohballen auf den Bauch und schob ihn drei Finger gleichzeitig in den Hintern. Greg schrie auf, vor Schmerz und Lust.
»Wollen wir doch mal sehen, was du aushältst«, flüsterte Avi. Greg wusste, was kommen würde, und allein die Vorfreude ließ ihn winseln, doch Avi kannte kein Erbarmen. Er nahm die Gleitcreme, die von irgendwoher in seinen Händen erschienen war und spritzte das kühle Gel gleich um Gregs Loch. Er kam sofort zur Sache und presste Greg gegen sich, so dass der Schaft seines Riesen sofort in seinem Opfer verschwand. Greg schrie auf, lauter als bisher. Der Schmerz war so unerträglich, dass ihm die Tränenflüssigkeit aus den Augen spritzte. Aber er verlangte nicht, dass Avi aufhörte. Er wollte genommen werden, wollte den Prügel in sich spüren. Schließlich gewöhnte er sich an die gleichmäßigen

Bewegungen seines Partners. Sein Glied selbst stand stramm in der Höhe, und obwohl es kaum Beachtung fand, war es bereit jederzeit seine Ladung loszuwerden. In seinem Nacken hörte er Avis Keuchen, welches stetig dem Orgasmus entgegenfieberte. Es wurde heftiger, und als Greg schon glaubte Avis Glied würde zerreißen, wurde er umgedreht und fand sich nun auf Avi. Sein eigener Orgasmus kam überraschend. Sein Körper begann zu zucken, dann spritzte die Ladung heraus, meterweit. Greg schrie vor Befriedigung, der Startschuss für Avis Erguss. Greg glaubte fast, die Ladung würde ihm zum Mund herauskommen, es fühlte sich an wie ein kleiner Tsunami, der durch seinen Darm floss. Vorsichtig zog sich Avi zurück. Greg legte sich neben ihn und lächelte ihn an.

»Höllisch geil«, sagte er. „Das war der beste Orgasmus meines Lebens.“

Avi nickte. »Ich fand es auch scharf, aber es war nicht das, was ich wollte.«

Gregs Stirn legte sich in Falten. »Wie meinst du das? Was wäre dir lieber gewesen?«

Avi grinste ihn breit an. »Egal, das spielt jetzt keine Rolle, morgen ist auch noch Zeit dafür. Lass uns schlafen!«

Und als ob das ein Befehl gewesen wäre, schlossen sich Gregs Augen und er schlief sofort ein. Seine Träume waren nicht sehr angenehm. Er träumte von einer Leiche auf einer Toilette, Avi, wie es schien. Dann wurde er verschleppt, in das Schlafzimmer, in dem er jetzt schlief. Schweißgebadet wachte er auf. Das Licht brannte noch immer. Er warf einen kurzen Blick auf Avi – und schrie sich die Seele aus dem Leib. Neben ihm lag nicht Avi, sondern ein Monster, das Monster aus seinem Traum.

Groß, muskulös, glatzköpfig, mit gepflegtem Dreitagebart. Aber auf keinen Fall ein Mensch. Die Haut glänzte dunkelrot. Die kleinen Hörnchen auf der Stirn verstärkten das unmenschliche Erscheinungsbild. Der Teufel erwachte durch den Schrei und lächelte Greg an.
»Was ist denn los? Hast du schlecht geträumt?«
Greg übergab sich über den Bettrand und wollte nur weg von hier. Vorsichtig versuchte er sich von der Bestie zurückziehen, als Avi seine Hand festhielt.
»Was ist denn los?«
Greg fand seine Sprache nicht, er stotterte nur zusammenhangslose Silben.
»Schau mal in den Spiegel!«, schlug eine Frauenstimme vor.
Greg sah ebenfalls in die Ecke, aus der die Stimme kam und erblickte ein zweites Teufelswesen. Es hatte eindeutig weibliche Formen, langes schwarzes Haar, welches die Hörnchen aber nicht verbergen konnte. Das Frauenmonster schwebte in der Luft.
»Aralla!«, entfuhr es dem männlichen Wesen. »Was machst du hier! Verschwinde!«
Die mit Aralla Angesprochene lachte und zauberte einen Spiegel aus dem Nichts hervor.
»Sieh selbst, Brüderchen!«, sagte sie und hielt Avarael den Spiegel vor die Nase.
Der Dämon zuckte zusammen, ließ aber Gregs Hand los. Dieser nutzte die Gelegenheit und rannte aus dem Zimmer. Aralla sah ihm interessiert nach.
»Was ist passiert?«, fragte Avarael. Er war sichtlich verwirrt. Aralla seufzte, Avarael war wirklich der größte Versager der Maskierten Dämonen.
»Manchmal frage ich mich ob du überhaupt so was wie Hirn besitzt«, sagte sie. »Anscheinend denkst du nur mit

deinem Schwanz. Ich dachte immer, das ist nur eine Angewohnheit menschlicher Männer.« Sie kicherte.
»Das hilft mir jetzt auch nicht weiter!«, fuhr Avarael sie wütend an. »Was ist passiert?«
»Wenn du mich nicht unterbrechen würdest, könnte ich es dir ja auch sagen. Aber du bist so ungeduldig.« Mit unschuldigem Blick sah Aralla ihren Bruder an, der daraufhin schwieg.
»Wenn du schläfst, kannst du deine falsche Gestalt nicht aufrechterhalten. Du wirst zu dem Dämon, der du bist. Hast du das vergessen?«
Beschämt senkte Avarael den Kopf. Daran hatte er tatsächlich nicht gedacht.
»Wo ist Gregor jetzt?«, fragte er, als ihm auffiel, dass nur noch er mit seiner Schwester im Raum war.
»Weg«, kam die trockene Antwort. »Glaubst du, irgendein Mann würde es lange mit dir aushalten?«
»Aber ich liebe ihn doch!« Avarael klang wie ein trotziges Kind. Sein Verhalten brachte Aralla dazu mit den Augen zu rollen.
»Schön für dich«, fuhr sie ihren Bruder an. »Dafür dass du ihn liebst, hast du dich ganz schön über ihn hergemacht.«
»Du... du... du hast uns beobachtet?« Avarael war fassungslos.
Aralla nickte nur. »Ich wollte nur meinen Spaß haben«, rechtfertigte sie sich. „Aber das spielt jetzt keine Rolle mehr. Was machst du mit ihm?«
Avarael schwieg für kurze Zeit. »Kannst du den Tag nicht noch einmal rückgängig machen?«, fragte er dann zaghaft.
Aralla schüttelte den Kopf. »Das Risiko ist zu groß.«
»Welches Risiko?«

Aralla seufzte. »Brüderchen, manchmal frage ich mich ernstlich ob wir überhaupt verwandt sind. Du weißt ja gar nichts.« Die Dämonin seufzte theatralisch, dann setzte sie zu ihrer Erklärung an. »Eigentlich ist es ja verboten die Zeit zu verändern. 24 Stunden sind aber machbar, ohne dass ein Risiko entsteht. Wird es mehr, dann kann es zu unvorhergesehenen Dingen kommen. Selbst wir Dämonen sollten die Finger davon lassen.«
»Was könnte denn passieren?«
»Die Menschheit könnte von einem Augenblick zum nächsten einfach verschwinden. Oder die Dinosaurier tauchen wieder auf. Wer kann das so genau sagen?«
»Was soll ich dann tun?«
Aralla zuckte mit den Schultern. »Sei keine Memme. Töte ihn!«
»Aber...«, versuchte Avarael einen Widerspruch, doch seine Schwester ließ ihn nicht ausreden.
»Brüderchen, langsam machst du dich lächerlich! Du bist der Witz der ganzen Familie. Du bist kein Dämon, du bist ein Clown. So peinlich. Jetzt beweise, dass du mehr bist als ein Dämon, der den menschlichen Männern hinterher steigt. Du bist fast selbst schon ein Mensch. Geh, und töte deinen Liebhaber, bevor er noch den falschen Leuten von unserer Existenz erzählt!«
Beschämt und doch unschlüssig verließ Avarael seine Wohnung. Sollte er Greg tatsächlich töten? Oder bestand noch eine Chance, dass er, der Dämon, und Greg, der Mensch, ein Paar werden würden? Aralla war keine große Hilfe mehr. Jetzt musste er durch seine eigene Hölle gehen.

Jean

Jean saß gelangweilt auf seinem Sofa und sah sich einen Porno an. Es war keiner von *Roxy Productions*, er wollte nur sehen, was die Konkurrenz zeigte. Die Kerle sahen toll aus, ihre schauspielerischen Leistungen aber waren mies, selbst wenn sie nur einen Orgasmus darstellen sollten. Als ob sie nicht wussten, was sie taten. Jean war enttäuscht. Er selbst drehte mit Leidenschaft Pornos, aber sein letzter Film war schon einige Zeit her. Ihm fehlte es an neuen Talenten. *Roxy Productions* hatte zwar ein paar große Namen, aber den Models ging die Leidenschaft ab. Wenn das Genre noch neu für sie war, gaben sie alles, sie hatten Spaß an der Sache, doch im Laufe der Zeit schlich sich die Routine ein. Vielleicht war das der Grund, warum Jean nie mehr als drei Filme mit denselben Darstellern drehte.

Er gähnte, streckte sich und schaltete den DVD-Player aus. Das »Ah, yeah, ah, yeah!« war nicht länger erträglich. Er brauchte Abwechslung, Ideen. Vielleicht sollte er sich einfach von der Realität inspirieren lassen. Etwas Cruisen in der Szene war bestimmt erheiternder als zuhause bei einer DVD zu sitzen und sich doch zu langweilen. Und gegen ein Bier im Cafe Blu war nichts einzuwenden. Unterwegs traf er Javier. Seit sie sich bei einem französisch sprechenden Schwulenstammtisch kennen gelernt hatten, waren sie gute Freunde geworden, obwohl der unscheinbar wirkende Mann kaum jemanden an sich heranließ.

Das Cafe Blu war fast leer, aber für einen Wochentag war das nichts Besonderes. Nachmittags und an den Wochenenden konnte hier die Hölle los sein. Dann war es besser, das Cafe zu meiden. Die beiden Franzosen

nahmen an einem kleinen Tisch am Fenster Platz. Der Kellner war sofort bei ihnen und nahm ihre Bestellung auf.
»Was treibt dich abends aus dem Haus?«, fragte Jean, nur um ein bisschen Konversation zu betreiben. Javier grinste. »Ich hatte das Gefühl meine vier Wände fallen mir auf den Kopf. Da tut etwas freier Himmel gut.«
Jean lachte. »Mir ging es ähnlich. Aber es ist ja nicht viel los.«
»Was erwartest du, es ist ein ganz normaler Arbeitstag. Niemand wird sich heute groß Gedanken um das Weggehen machen.«
Der Kellner brachte die Getränke. Es war ein netter junger Mann, gutaussehend, auch wenn er etwas gelangweilt durch die Gegend sah. Vermutlich machte ihm sein Job auch keinen Spaß, dachte Jean.
»Was macht die Liebe?«, fragte Javier, nachdem er einen Schluck seiner Cola genommen hatte.
»Nichts«, entgegnete Jean. »Warum fragst du?«
»Du wirkst so abwesend, als würde dich etwas bedrücken.«
»Das tut es auch«, sagte Jean und überlegte, ob er Javier in seine Probleme einweihen sollte. Er sprach nur selten über seine Arbeit, wenn er privat unterwegs war, aber es gab keinen Grund nicht mit Javier darüber zu reden. Manchmal kam von unerwarteter Seite Hilfe. »Aber es hat nichts mit meinem fehlenden Liebesleben zu tun, es ist die Arbeit.« Jean seufzte.
»Willst du mir davon erzählen?«, fragte Javier grinsend.
»Ich mache Pornofilme«, sagte Jean ohne Einleitung.
Javier nickte. »Ich weiß.«
Erstaunt sah Jean den jungen Mann an. Dessen Reaktion war ein schallendes Lachen, dass die anderen Gäste und

die Angestellten des Cafes ihnen einen seltsamen Blick zuwarfen. Sofort verstummte Javier wieder.
»Manchmal schaue ich mir Pornos an«, gestand er lächelnd. »Und manchmal sehe ich auch den Abspann. Und da ist dein Name zu lesen.«
Jean hatte sich nie über ein Pseudonym Gedanken gemacht. Für eine deutsche Produktion klang sein Name Jean Nuilar schon exotisch genug. Javier leerte sein Glas und bestellte mit einer einfachen Geste ein neues.
»Und?«, fragte er nach. »Was ist dein Problem ?«
»Ich habe das Gefühl, dass alles zur Routine wird. Die fest angestellten Darsteller neigen dazu, Fließbandarbeit abzuliefern. Ich brauche etwas Neues.«
»Hm.« Javier überlegte. »Hast du irgendwelche Vorstellungen?«
Jean schüttelte den Kopf. »Wenn ich die hätte, wäre ich nicht in der Lage, in der ich jetzt bin.«
»Stimmt«, gab ihm Javier Recht. »Sucht der Regisseur sich seine Darsteller immer selbst aus? Hast du kein Drehbuch?«
»Manchmal arbeite ich nach Drehbuch, sofern man das als solches bezeichnen kann, oft sind es nur dahin geschmierte Notizen. Die Handlung, falls vorhanden, interessiert doch sowieso niemanden.«
Javier nickte bestätigend.
»Und ich suche mir meine Darsteller immer selbst aus. Wir müssen zusammenarbeiten, und wenn die Zusammenarbeit gut ist, wird der Film auch gut.«
»Schon mal mit Amateuren gedreht?«
Jean nickte. »Oft. Aber aus einigen von ihnen werden Profis und schon bin ich wieder bei meinem Problem.«
»Ich kenne nicht das ganze Programm von *Roxy Productions*, aber wenn ich das richtig gesehen habe,

habt ihr auch härtere Sachen im Programm.«
Jean nickte zustimmend.
»Hast du schon im Darkness nach geeigneten *Opfern* gesucht?« , fragte Javier grinsend.
»Nein, aber ob ich da das Richtige finde?«
»Wenn du richtig hinsiehst, bestimmt. Du musst nur wissen wo.«
»Im Darkroom? Auf dem Klo?«
Javier lachte, diesmal aber leiser.
»Vielleicht«, antwortete er. »Wer weiß, an welchen Orten man das findet, was man sucht.« Er grinste breit. »Aber ich kann es dir einfacher machen. Sag mir in welche Richtung dein Film gehen soll und ich kann dir versprechen, dass ich für dich etwas Besonderes finden werde.«
»Du?« Jean war verblüfft. Das hatte er ihm nicht zugetraut. Auf jeden Fall war seine Neugier geweckt.
»Warum nicht? Ich kenne einige interessante Personen hier, und ich bin mir sicher, der ein oder andere hat bestimmt Interesse daran, bei einer Pornoproduktion mitzuspielen.«
»Und du verlangst von mir ein Drehbuch, damit du dafür jemand passenden findest?« Javier schüttelte den Kopf.
»Nein, nur die Richtung, in die du willst. Sadomaso, Fetisch oder Gewürzsex.«
»Gewürzsex?«
»Blümchensex, Vanilla, 08/15, nenne es wie du willst.«
Jean musste nicht lange überlegen. Er hatte tatsächlich eine Idee, die er schon lange verwirklichen wollte. Bisher hatte es aber immer an den passenden Darstellern gemangelt.
Jean träumte von einem Film der härteren Gangart. Nicht den normalen BDSM-Film, er wollte weiter gehen. Es

war ihm klar, dass er damit nur ein geringes Publikum ansprechen würde, aber er liebte diesen Traum. Er hatte auch schon mit Matthis, dem Geschäftsführer von *Roxy Productions* gesprochen. Dieser war der Idee nicht ganz abgeneigt, hatte sich sogar schon Gedanken über die entsprechenden Kunden gemacht. Das Problem waren die Darsteller. Keiner der »Angestellten« der Firma war bereit, so weit zu gehen, und Matthis hatte keine Lust, jemanden aus dem Ausland zu besorgen. Befreundete Produktionsfirmen in Deutschland waren zwar bereit, ihm auszuhelfen, aber das stieß auf Jeans Widerstand. Er wollte neue, unverbrauchte Darsteller. So war aus dem Projekt bisher nichts geworden. Ausgerechnet Javier, dem er das nicht zugetraut hätte, hauchte seiner Idee wieder Leben ein. Hoffentlich zerplatzten seine Träume nicht wie Seifenblasen. Er erzählte seinem Gegenüber seine Idee.

»Oh«, sagte dieser nur. »Das ist ja einfach. Am Freitag habe ich ein paar Kandidaten, da kannst du sicher sein.«

»So schnell?« Jean hatte seine Zweifel, aber Javier klang sehr zuversichtlich.

»An den richtigen Stellen gefragt, mit den passenden Leuten gesprochen und deine Idee lässt sich durchführen. Ich kenne einige Leute die bereit sind, sehr weit zu gehen.«

»Da bin ich mal gespannt.«

»Lass dich überraschen«, erwiderte Javier, dann erhob er sich. »Aber wenn ich bis Freitag produktiv sein soll, sollte ich mich gleich an die Arbeit machen. Wo treffen wir uns?«

»Nachdem das ein geschäftliches Gespräch ist, im Büro der *Roxy Productions*.« Jean schob Javier seine Visitenkarte zu. Er hatte immer ein paar davon in seiner

Geldbörse, auch wenn er sie so gut wie nie brauchte.
»15 Uhr?«
Javier überlegte kurz. »20 Uhr, wenn dir das nicht zu spät ist. Vorher habe ich noch etwas zu erledigen.«
»Mir egal. 20 Uhr ist auch okay.« Jean lächelte.
»Deine Cola geht auf mich. Das war ja so was wie ein Geschäftsessen.«
»Danke«, erwiderte Javier, leerte sein Glas und ging. Jean sah ihm noch lange nach. Was ihn am Freitag erwarten würde?

Javier war pünktlich. Jean erwartete ihn im Aufenthaltsraum von *Roxy Productions*. Die Firma war nicht sonderlich groß und der Raum begrenzt. Nur Matthis hatte ein eigenes Büro. Die Angestellten selbst mussten mit dem Aufenthaltsraum vorlieb nehmen. Davon waren aber immerhin zwei vorhanden, einer für die Darsteller, der andere für die Crew, obwohl sich niemand daran hielt. Manchmal war *Roxy Productions* mehr eine Familie, wenn auch mit geringem Frauenanteil.
Javier hatte eine kleine Mappe unter dem Arm und legte sie auf den Glastisch. Jean hatte es sich auf der Couch gemütlich gemacht. Die beiden Franzosen waren die einzigen Personen in den Räumen. Manchmal kam es vor, dass bis spät in die Nacht gearbeitet wurde, aber derzeit befand sich kein Film im Endstadium der Produktion. Im Moment konnten sich die Angestellten an die normalen Bürozeiten halten.
»Dann zeig mal her, was du hast«, sagte Jean neugierig.
Javier lächelte. »Ich weiß, dass du mir nicht viel zugetraut hast, aber vielleicht können dich die Bilder überzeugen«, meinte er.

»Wo hast du die Aufnahmen her?«, fragte Jean neugierig.
»Wenn man weiß, wo man suchen muss und eine Kamera dabei hat, ist das alles kein Problem. Wenn du jemand passenden gefunden hast, bekommst du die Lebensläufe nachgereicht. So viel Zeit hatte ich ja auch nicht.«
Die beiden grinsten sich an. Jean öffnete die Mappe und sah sich die Bilder an. Schon beim ersten Bild fiel ihm die Kinnlade sprichwörtlich zu Boden.
»Wissen die eigentlich, worauf sie sich einlassen?«, fragte er erstaunt als er den knabenhaften Körper des Adonis erblickte. Javier nickte. »Ich habe von SM der härteren Machart erzählt. Warum?«
Jean nahm das Foto des Jünglings. »Der ist doch noch keine 18, oder?«
»Anfang 20, wenn ich das richtig in Erinnerung habe«, erwiderte Javier. »Aber ich bin mir sicher, Dugal kann so alt sein wie du ihn haben willst.« Dabei lächelte er geheimnisvoll.
»Er wirkt mir zu brav. Der bricht doch schon zusammen, wenn man ihm die Wange streichelt.«
Jean schien es als ob ein leichter Schatten über das Gesicht seines Gegenübers huschen würde, aber das musste Einbildung sein.
»Wie sagt man so schön: Stille Wasser sind tief. Du hättest seine Augen sehen sollen, als ich ihm von deinem Projekt erzählt habe. Als Meister wäre er eine Fehlbesetzung, aber bei seinem Aussehen gibt er einen guten Sklaven ab.«
»Du hast dich ja gut informiert«, stellte Jean fest.
»Man schnappt halt so einiges auf.«
Dugals Bild wurde auf die Seite gelegt. Während Jean sich die restlichen Bilder ansah, kam ihm auch schon sein

»Drehbuch« in den Sinn. Er erzählte Javier davon: »Ein junger Mann, vermutlich Dugal, lebt mit einem älteren Mann in einer Beziehung. Da könnte ich einen der RP-Darsteller nehmen. Die beiden haben Blümchensex, da weiß ich aber noch nicht, ob ich das zeigen werde ... vielleicht im Vorspann. Eines Abends in einer dunklen Gasse trifft Dugal auf einen geheimnisvollen Fremden. Dieser legt ihm ein Halsband um und Dugal wird in seinen Bann gezogen. Er wird Sklave und muss seinem Meister untertan sein. Was hältst du davon?«
»Klingt mehr nach einem richtigen Film als nach einem Porno.«
Jean grinste. »Ich bin mir sicher, wenn der Film fertig gestellt ist, wirst du diese Handlung nicht mehr erkennen oder wieder finden. Das will doch keiner sehen. Zumindest nicht bei einem Porno.«
»Du hast Ansprüche.«
»No. Ich kreiere Masturbationsfantasien. Wenn ich etwas Anspruchsvolles machen wollte, würde ich hier nicht arbeiten.«
Die beiden Franzosen lachten.
»Und?«, fragte Javier, nachdem er ernst geworden war. »Hast du etwas gefunden?«
Jean nickte. »Ich glaube schon. Dugal scheint interessant zu sein. Und der hier.«
Mit diesen Worten schob er Javier ein Foto zu. Dieses zeigte einen Kerl, der das Gegenteil von Dugal war. Brutal, männlich, und nicht mehr der jüngste.
Javier grinste. »Das könnte wirklich interessant werden«, meinte er.
»Warum?«
Wolf ist sehr stark.«
»Ich dachte, Dugal hält einiges aus.«

Javier nickte. »Ich frage die beiden, ob sie zusammenarbeiten wollen.«
»Kannst du sie mir morgen vorbeischicken?«
»Wenn Interesse da ist, mache ich das. Wann?«
»15 Uhr.«
»Okay, das sollte kein Problem sein.«
»Kommst du auch?«
»Wenn ich darf.«
Jean grinste. »Natürlich, immerhin hast du mir die beiden verschafft und ich denke, ich könnte mich dadurch revanchieren, indem ich dich beim Dreh dabei sein lasse.«
»Will ich das?«, fragte Javier, aber es war eher rhetorisch gemeint.
»Ist es nicht das, wovon Männer träumen?«, erwiderte Jean. »Bei einem Pornodreh zusehen zu dürfen.«
Lachend trennten sich die beiden. Jean verschaffte sich Zugang zu Matthis' PC und schrieb eine kurze Fassung seines Drehbuchs, während er sich überlegte, welcher Darsteller die Rolle von Dugals Freund übernehmen sollte.

Am nächsten Nachmittag kamen Jeans Gäste pünktlich. Außer ihm war niemand in den Räumlichkeiten der Produktionsfirma. Er hatte Kaffee vorbereitet und auch ein paar Bier und Wasser kalt gestellt. Jean führte seine Besucher durch die verschiedenen Räume und erzählte hier und da einiges. Javier wirkte sehr interessiert, während Dugal und Wolf eher schweigsam waren. Die Führung dauerte nicht lange und endete im Aufenthaltsraum der Darsteller. Dort hingen Cover der neuesten Filme an den Wänden, aber auch Solobilder einzelner Männer.

»Der arbeitet also auch hier«, knurrte Wolf als er das Bild eines athletischen jungen Mannes sah. Jean spürte in diesem einzelnen Satz soviel Hass, wie er in seinem Leben nie hätte aufbringen können. Es lief ihm eiskalt über den Rücken. Wolf hatte aber auch etwas Furchterregendes an sich. Der Regisseur konnte sich das nicht erklären, aber der Mann wirkte auf ihn Furcht einflößend und erregend zugleich. Es war eine Herausforderung für ihn, diese Anziehung in den Film einzubauen. Hoffentlich gelang ihm das. Er fragte sich aber auch, welche Verbindung zwischen Wolf und Pardus bestehen mochte. Er wagte es nur nicht zu fragen, Wolfs Hass sollte nicht auf ihn übergehen.
»Vielleicht wechseln wir einfach den Ort«, schlug er diplomatisch vor, ehe Wolf sich auf das Poster stürzen konnte, falls er das vorhaben sollte. Er führte seine Gäste in den zweiten Aufenthaltsraum. Dort hingen zwar auch Poster an den Wänden, aber keines zeigte Pardus. Jean würde Javier später fragen, vielleicht wusste er mehr. Immerhin schien es so als ob er Wolf besser kennen würde.
Bei einer Tasse Kaffe erklärte Jean seinen potentiellen Darstellern sein Vorhaben.
Wolf und Dugal warfen sich abschätzende Blicke zu.
»Hm«, sagte Wolf, wobei es mehr nach einem Knurren klang. »Viel hältst du wohl nicht aus«, meinte er zu Dugal.
Dieselbe Befürchtung war auch Jean gekommen, als er die beiden live vor sich stehen sah. Dugal war schlank, fast schon dürr, und erweckte nicht den Eindruck, als würde er einem stärkeren Windhauch widerstehen können. Wolf dagegen wirkte wie ein Schrank. Muskulös, behaart und stark. Er brachte doppelt soviel

Masse auf die Waage wie Dugal, obwohl beide annähernd die gleiche Größe hatten. 1,90m konnten nicht unterschiedlicher sein als die beiden Männer, die Jean für seinen nächsten Film erwählt hatte. Dennoch hatte er Zweifel. Konnte das funktionieren?
Er warf einen Blick zu Javier. Der andere Franzose wirkte zuversichtlich. Ein amüsiertes Lächeln zierte sein Gesicht.
»Lass dich vom äußeren Schein nicht täuschen«, riss Dugals herablassender Tonfall Jean aus seinen Gedanken. Bisher war der Junge sehr schweigsam gewesen, aber er schaffte es, seinen Worten genauso viel Nachdruck zu verleihen, wie Wolf seinem Hass auf Pardus. Wolf störte sich an der Arroganz des Jüngeren nicht weiter.
»Ich rieche, was du bist«, sagte er schlicht.
Jean verstand die Bedeutung nicht, aber er wagte es nicht nachzufragen. Dugal lachte. »Dein Name ist Programm«, sagte er. »Es wird mir ein Vergnügen und vielleicht eine Ehre sein ein Sklave der Mondwandler zu werden.« Mit diesen Worten stand er auf und verneigte sich höfisch. Jean sah dem Schauspiel mit großen Augen zu, ohne die Hintergründe zu verstehen.
»Achtet auf eure Worte«, warf Javier ein. »Wir sind hier nicht im Incubus und...«
Er schwieg und lächelte Jean freundlich an. Fragend erwiderte Jean den Blick, aber seine unausgesprochenen Worte blieben unbeantwortet.
Schweigend setzte sich Dugal wieder. Dann wandte er seinen Blick zu Jean .
»Und nun? Was müssen wir tun und wann fängt der Dreh an?«
Die nächste Stunde erklärte Jean ihnen die

Förmlichkeiten. Jetzt war es Javier, der wenig Interesse an der Unterhaltung zeigte, während Wolf und Dugal hin und wieder Fragen einwarfen. Schließlich händigte er seinen neuen Darstellern die vorgefertigten Verträge aus und bat um genaues Durchlesen und eine Unterschrift. Sobald wie möglich sollten die beiden ihm das Dokument zukommen lassen. Wolf und Dugal versprachen es. Dann waren sie entlassen.
»Wie wäre es mit einer Probe?«, fragte Wolf beim Hinausgehen.
Dugal lachte und antwortete mit scherzhafter Arroganz: »Den Wunsch erfülle ich dir erst, mein Lieber, wenn unser Regisseur danach verlangt. Ich will fit für den Spaß sein.« Sein lautes Lachen übertönte Wolfs enttäuschtes Knurren. Jean schloss die Tür hinter den beiden. Javier hatte er gebeten noch zu bleiben.
Er war im Aufenthaltsraum zurückgeblieben. Jean kam gleich zur Sache.
»Ich glaube, du musst mir ein paar Fragen beantworten!«
»Muss ich das?«
»Du scheinst eine Menge über die beiden zu wissen.«
»Du hast ihre Lebensläufe, mehr weiß ich auch nicht.«
Javier deutete auf die beiden Prospekthüllen die auf dem Glastisch lagen. Wolf und Dugal hatten tatsächlich ihre Lebensläufe vorbereitet, aber Jean war noch nicht dazu gekommen sie zu lesen. Jetzt überflog er sie. Dann sah er Javier wieder an.
»Das beantwortet nicht meine Fragen.«
Er wusste nun einiges mehr über seine Darsteller als vorher, aber sonderlich interessant klangen die Lebensläufe nicht:
Dugal war vor 22 Jahren in Dublin geboren, lebte aber schon seit 10 Jahren in München. Wie es aussah war er

von seinen Eltern weggelaufen und hatte sich alleine durchgeschlagen. Wie er Irland verlassen hatte stand nicht in seinem Lebenslauf. Auch von seiner schulischen Laufbahn war nichts zu lesen. Derzeit arbeitete er in einem Irish Pub in Schwabing.
Wolf hatte, wie Dugal, nur seinen Vornahmen angegeben. Er war 36 und aus Polen. Er war schon seit 20 Jahren in München, und Jean hätte es nie für möglich gehalten, dass der Mann kein Deutscher war. Sah man von seinem knurrenden Unterton ab, was eher ein Sprachfehler war, hatte er keinen Dialekt oder Akzent. Er hatte keinen Wohnort angegeben, und auch über seinen Arbeitsplatz hatte er sich ausgeschwiegen. Wie ein Obdachloser hatte er auf Jean jedoch nicht gewirkt.
»Und was willst du wissen?«, fragte Javier mit ruhiger Stimme. »Ich fürchte aber, dass ich dir keine befriedigenden Antworten geben kann.«
»Ich werde es trotzdem versuchen«, ließ Jean nicht locker. Erwartungsvoll sah Javier ihn an.
»Ich weiß, dass die Szene klein ist und jeder jeden kennt, mehr oder weniger, aber welchen Grund hat Wolf, Pardus zu hassen?«
»Hm.« Javier überlegte einen kleinen Augenblick, ehe er etwas zögernd seine Antwort gab: »Das musst du die beiden selbst fragen, ich denke, das ist etwas Persönliches.«
Jean zuckte mit den Schultern. »Das werde ich wohl müssen, aber wenn du es nicht weißt, werde ich vermutlich auch nicht mehr erfahren.«
»So gut wie du glaubst kenne ich Wolf auch nicht«, widersprach Javier. »Viele Worte haben wir nicht miteinander gesprochen, und das, was er heute zu Dugal gesagt hat, war mehr als alles, was er bisher zu mir

gesagt hat.«
»Hm. Und noch etwas...«
»Ja?«
»Was meinte Dugal mit Mondwandler?«
»Glaube mir, Jean, das willst du nicht wissen. Du hast heute einen Einblick in einen anderen Teil unserer Welt geworfen, aber mehr als das sollte es nicht werden. Vergiss einfach was gesagt wurde.«
»Wie kann ich das? Nach deinen Worten.«
Javier überlegte. »Du musst. Glaube mir, das ist besser für dich. Erzähle niemanden von den Mondwandlern. Du hast dieses Wort nie gehört.«
Javiers Stimme klang sehr eindringlich und Jean entschied sich nur zu nicken. Für den Moment war es das Beste. Nachdem er keine Fragen mehr hatte, ging er zum entspannenderen Smalltalk über und als die Sonne unterging, verließ Javier ihn.
In dieser Nacht lag Jean noch lange wach und dachte über die seltsamen Worte nach: Mondgeborene, Incubus. Was mochte dahinter stecken?

Die Verträge waren schnell unterschrieben, und nachdem Jean mit Matthis gesprochen hatte, war auch ein Drehplan entstanden. Jean hatte seine Crew und auch die anderen Darsteller. Es konnte gedreht werden. Vorher wollte er jedoch noch Testaufnahmen von Wolf und Dugal machen. Um sicher zu sein, dass die beiden auch das bringen konnten, was er von ihnen verlangte. So lud er sie und Javier an einem Sonntagabend zu einem Probedreh ein.
Die drei kamen pünktlich.
Jean erklärte seinen beiden Darstellern, was er von ihnen wollte: »Ich will eigentlich nur sehen wie gut ihr

miteinander harmoniert. Ihr braucht nicht sonderlich gut zu schauspielern. Seit einfach ihr selbst, der Rest kommt später.«
Wolf und Dugal nickten. Über das Gesicht des Jüngeren schlich sich ein süffisantes Grinsen, das jedoch schnell wieder verschwand. Jean führte seine Gäste in eines der Studios. Die Dekoration war sehr spärlich und bestand nur aus einem Bett, das jedoch groß genug für eine Orgie war.
»Ich dachte, es wird ein Lederfilm«, bemerkte Dugal etwas enttäuscht.
Jean nickte. »Das soll es auch werden, aber es geht ja nur um ...«
»Du willst die beiden nur beim Ficken sehen«, warf Javier trocken ein. »Da brauchst du keine Spielsachen.«
Wieder nickte Jean. »Stimmt. Aber das ist doch auch der Grund, warum du hier bist, oder?«
Javier schwieg und errötete leicht. Beschämt wandte er sich ab. Dugal grinste nur und auch Wolfs Mundwinkel zuckten als Zeichen seines Amüsements.
»Okay«, sagte Jean. »Genug herumgeblödelt! Wie Javier schon gesagt hat, ich will euch ficken sehen. Die Kamera läuft mit, damit ich sehe wie das wirkt. Wenn ihr wollt, bekommt ihr Kopien davon.«
Wolf warf Dugal einen abschätzenden Blick zu. »Und du glaubst wirklich soviel Manneskraft auszuhalten?«
»Du magst der Aktive sein, doch glaube mir: Du wirst das tun, was ich will. Nicht mehr, nicht weniger.« Dugals Stimme war nicht mehr als ein Flüstern. Dennoch hörte Jean die Worte, und erneut fühlte er sich als Außenseiter. Irgendetwas ging zwischen den beiden vor, und Javier war eingeweiht. Zumindest erweckte er den Eindruck. Es konnte Jean egal sein, aber er war doch neugierig und

hoffte zu erfahren, was zwischen seinen neuen Darstellern lief.
Er zog sich mit Javier in eine Ecke des Raumes zurück, setzte sich mit der Kameratechnik auseinander und gab dann den Befehl zum Loslegen. Wolf und Dugal standen einfach nur da.
»Was sollen wir eigentlich tun?«, fragte Dugal und sah Jean etwas verlegen an. »Ficken, ist schon klar, aber irgendwelche Wünsche?«
Jean schüttelte den Kopf. »Überrascht mich. Ich will keine 08/15-Darbietung, dazu brauche ich euch nicht. Ich will etwas Besonderes.«
Wolf grinste Dugal breit an. »Er will etwas Besonderes. Das kann er haben.«
Dugal grinste zurück. Jean hatte den Eindruck, dass die beiden ihre Umgebung vergessen hatten. Er spürte die Funken zwischen den ihnen, das Feuer der Leidenschaft. Er spürte seine eigene Erregung, konnte sie nicht unterdrücken und musste sich seinem Schicksal ergeben.
Ohne Vorwarnung warf sich Wolf auf Dugal und drückte ihn auf das Bett. Es wirkte mehr wie ein Mordversuch als Sex. Dugals Arme wurden auseinandergedrückt und auf die Matratze gepresst. Mit einem leichten Knurren leckte Wolf über das Gesicht des Knaben. Er lag mit seinem ganzen Gewicht auf Dugal, erdrückte ihn fast und doch blieb der Junge stumm. Er stöhnte leise, aber das lag nicht an den Schmerzen. Ohne mit der Wimper zu zucken ließ er Wolfs Behandlung über sich ergehen. Jean blickte gebannt auf das sich ihm bietende Schauspiel. Obwohl noch keine nackte Haut zu sehen war, war er beeindruckt von dem Spiel der beiden. Was auch immer vorher zwischen ihnen gewesen war, jetzt fand es seine Entladung. Jean konnte nur hoffen, dass dies nicht der

Reiz des ersten Mals war, und die beiden zu ähnlichen Leistungen später auch noch fähig waren.
»Lass sie aufhören!«, flüsterte Javier ihm plötzlich zu. Erstaunt und etwas verärgert wegen der Störung sah Jean auf.
»Warum?«, flüsterte er zurück. »Sie haben doch noch gar nicht angefangen.«
»Das ist gut so, die beiden vergessen sich.« Es klang wie eine Warnung.
»Na, und? Das kann ja nicht schaden.«
Javier schien nicht begeistert zu sein. »Du musst abbrechen. Es war keine gute Idee sie zusammenzulassen.«
»Was ist los?« Jean hatte das Schauspiel vergessen und schenkte seine gesamte Aufmerksamkeit dem ängstlich wirkenden Franzosen.
»Ich kann es dir nicht sagen.«
»Aber warum sollte ich abbrechen?«
»Es wird eine Katastrophe geben.«
Jean seufzte. Er merkte, dass er auf seine Fragen keine Antwort bekommen würde. Er sah aber auch keinen Grund für einen Abbruch. Er war auf der Suche nach etwas Neuem gewesen, und das, was sich ihm hier bot, war weit mehr als er gehofft hatte.
Wolf setzte sich auf, hob Dugal hoch, als wäre er so leicht wie ein Stück Papier, riss ihm die Hose vom Leib, ohne auf deren Unversehrtheit zu achten und warf den jungen Mann auf den Bauch. Das alles ging so schnell, dass Jeans Auge nicht folgen konnte. Javiers Entsetzensschrei nahm er nur am Rande war. Zu fasziniert war er von dem Schauspiel, welches sich ihm bot. Wolf riss sich sein Hemd vom Leib und warf es achtlos in eine Ecke. Sein Muskelspiel und sein behaarter

Oberkörper faszinierten Jean, er hatte gefunden, was er suchte. Und Dugal war das Gegenteil davon: Unbehaart und zierlich.
Javier sagte etwas, aber Jean verstand es nicht. Selbst als ihm jemand auf die Schulter klopfte achtete er nicht darauf. Er war ein Gefangener eines geilen Spiels, welches weit über den normalen Geschlechtsakt hinausging. Er verstand die Zusammenhänge nicht, aber ihm kam es vor als wäre Magie im Spiel.
Als Wolf seine Jeans öffnete, schoss sein dicker Riemen schon begierig hervor. Ohne ein Gleitmittel stieß er seinen Prügel sofort in Dugals wartenden Arsch und drang bis zum Anschlag ein. Dugals Schreie erregten ihn weiter. Er behandelte den jungen Mann wie ein Stück Fleisch, und dieser fand Gefallen daran. Sah man von seinen Schreien ab, tat er nichts, um sich aus der Umklammerung des Muskelmannes zu befreien.
»Hört auf!«, schrie Javier und stürzte sich auf das Bett, noch bevor Jean ihn daran hindern konnte. Doch der Franzose erreichte sein Ziel nicht, etwas warf ihn zurück. Als ob eine unsichtbare Barriere vor dem fickenden Paar aufgetaucht war.
Jean blieb wie angewurzelt stehen, das Schicksal seines Landsmannes interessierte ihn im Moment nicht. Auf dem Bett gingen weitaus interessantere Dinge vor. Bisher war es nur eine Art von einvernehmlicher Vergewaltigung, doch die beiden gingen weiter. Wolf nahm an Muskelmasse zu, sein Haarwuchs wurde stärker, und sein Gebiss änderte sich, es wurde größer, schärfer und nahm raubtierartige Züge an.
Jean traute seinen Augen nicht. Er hatte keine Drogen genommen, und er schlief auch nicht. Aber das Schauspiel vor ihm konnte ebenso wenig real sein. Auch

Dugal veränderte sich. Nahm Wolf an Größe zu, wurde er schlanker, noch zierlicher, und etwas größer. Jean rieb sich die Augen, aber nichts änderte sich. Neben sich hörte er ein Stöhnen. Javier, der für kurze Zeit das Bewusstsein verloren hatte, war zu sich gekommen und musste tatenlos mit ansehen wie Jean Zeuge dieser unmenschlichen Verwandlungen wurde. Wolf schlug seine Zähne in den Nacken Dugals. Blut floss aus der Wunde, aber das spornte den Tiermenschen nur noch an. Ein Werwolf, dachte Jean, doch das konnte nicht sein. Aber, eine andere Erklärung gab es nicht. Und Dugal war ebenfalls nicht menschlich, auch wenn er weniger tierhaft wirkte wie Wolf. Die Wunde schien ihm nicht viel auszumachen, das Gegenteil war der Fall, seine Geilheit nahm zu. Begierig bot er seinen Hintern der brutalen Behandlung Wolfs an. Der Tiermann drehte Dugal auf den Rücken. Küsste, oder biss, das war nicht zu erkennen, den jungen Mann mit den spitzen Ohren auf den Mund. Das Knurren seiner Leidenschaft vereinigte sich mit den Schreien Dugals. Jean war froh, dass kein anderer Mitarbeiter der Firma in den Räumlichkeiten war. Es klang hier mehr nach Mord und Totschlag als nach purem Sex. Er spürte einen Schlag auf den Hinterkopf, dann wurde es schwarz um ihn.

Langsam kam er zu sich. Sein Schädel tat weh und als er die Augen öffnete, konnte er seine Umgebung nur schemenhaft erkennen. Etwas Nasses lag auf seiner Stirn, ein Handtuch. Er hörte leise Stimmen und sah ein Gesicht über sich. Javier.
»Geht es dir besser?«, fragte dieser besorgt. Jean nickte und versuchte sich aufzurichten. Schwarze Punkte tanzten in seinem Kopf, erst als er die Augen kurz

schloss, wurde es besser.
»Was ist passiert?«, fragte er und sah sich um, nachdem seine Sehkraft vollständig zurückgekehrt war. Er lag auf dem Bett, das zuvor noch für andere Dinge verwendet worden war. Von Wolf und Dugal fehlte jede Spur.
»Dir ist die Kamera auf den Kopf gefallen«, erklärte Javier. »Dabei hast du das Bewusstsein verloren.«
»Das ist mir noch nie passiert«, sagte Jean und versuchte ein entschuldigendes Lächeln.
»Es ist ja nicht mehr passiert, aber ich glaube, die Kamera hat den Sturz nicht überlebt.«
»Das wird Matthis aber gar nicht gefallen«, meinte Jean. »Wo sind Wolf und Dugal?«
»Gegangen. Ich glaube nicht, dass sie den Film machen werden.«
»Schade. Es sah so viel versprechend aus.«
»Aber soviel hast du doch gar nicht gesehen.« Jean sah nicht das Entsetzen in Javiers Blick. Er rieb sich den Kopf und entfernte das Handtuch.
»Da könntest du sogar Recht haben«, meinte er. »Vermutlich habe ich das nur gesehen, während ich ohnmächtig war.«
»Was hast du gesehen?«, bohrte Javier nach.
»Einen Werwolf.«
Javier lachte, allerdings klang es stark gekünstelt. »Ein Werwolf? Die gibt es doch gar nicht.«
»Das stimmt, aber wenn ich einen Film machen kann, der dem ähnlich ist, dann...«
Jean sprach seinen Gedanken nicht zu Ende. Wenn er tatsächlich einen solchen Film machen wollte, müsste er auf Spezialeffekte zurückgreifen, die sich die Firma nicht leisten konnte, wenn sie nicht billig wirken sollten. Betreten schwieg er.

»Wenn du schon wieder Gedanken an einen Film verschwenden kannst, dann geht es dir wieder besser«, stellte Javier fest. Seine Stimme zitterte etwas, aber er war sicher, dass Jean seine Lüge geschluckt hatte.
»Ich glaube, ich gehe nach Hause«, sagte Jean nach einer Weile. »Mein Schädel brummt immer noch.«
»So eine Kamera ist auch nicht gerade leicht.«
Die beiden grinsten sich an.
»Soll ich dich begleiten?«, fragte Javier. »Für den Fall, dass du einen Schwächeanfall oder ähnliches bekommen solltest.«
Jean nickte dankbar. Die beiden räumten noch auf, verwischten die Spuren des Geschlechtsaktes auf dem Bett und versteckten die Kamera. Jean würde morgen Matthis davon berichten.

Zwei Augenpaare folgten den beiden Franzosen durch die Dunkelheit. Wolf und Dugal.
»Schade, dass Javier so ein Spielverderber war«, meinte Wolf. Der nackte Sidhe in seiner Begleitung grinste breit. Das Blut aus seiner Wunde war bereits getrocknet.
»Wir hatten unseren Spaß. Und vielleicht ist es besser so.«
Wolf zuckte mit den Schultern.
»Wir sollten es trotzdem wiederholen. Ohne Kamera, und ohne Javier.«
Dugal nickte. »Aber was wird Dark dazu sagen?«
»Nichts, er wird es hinnehmen.«
»Wölfe!« Dugal sprach es wie einen Fluch aus.
»Das habe ich gehört.«
»Es ist doch wahr.«
Irgendwo in der Stadt erklang Wolfsgeheul.
»Mein Rudel ruft mich!«, stellte Wolf fest. Er nahm die

Gestalt eines großen Wolfs an und verschwand in der Dunkelheit. Amüsiert lächelnd sah Dugal ihm nach. Die Nacht war noch jung und er hatte keine Verpflichtungen. Vielleicht würde er im Darkness noch etwas Abwechslung bekommen. Einen kleinen harmlosen Quickie, nach diesem heftigen Gefühlsausbruch. Ungesehen schlich er in seine Wohnung. Unterwegs ließ er seine Feenmagie spielen und die Bisswunde verschwand. Nicht aber die blauen Flecken und die Schmerzen in seinem Hintern. Er hielt viel aus, aber wenn ein Werwolf zustieß, konnte das auch einen Sidhe an den Rand des Todes bringen.

Jason

Ben traf Jason zum ersten Mal bei Johannes. Er lag nackt auf dem Fußboden, die Sonnenstrahlen tankend, die durch das offene Fenster in das Zimmer fielen. Er war schlank und muskulös. Sein zerzaustes dunkles Haar und der Dreitagebart gaben ihm etwas Verwegenes. Ben war sofort fasziniert von diesem ihm unbekannten Mann. Die feinen Haare, die fast den ganzen Körper Jasons bedeckten, erregten ihn, auch wenn er es sich nicht anmerken ließ. Immerhin war Jason Johannes' Freund, oder Sklave.

Johannes war Bens erster Meister gewesen und in den vergangenen Jahren war der Kontakt nie abgebrochen. Irgendwie schien er sich dafür verantwortlich zu fühlen, Ben in die Szene eingeführt zu haben. Mindestens einmal pro Woche rief er an, um sich nach seinem Befinden zu erkundigen und um zu erfahren mit wem er gerade rummachte. Damals hatte er Ben gute Tipps gegeben, wie sich ein Sklave zu verhalten hatte, und auch heute war das noch der Fall, auch wenn Ben inzwischen selbst Meister war. Nachdem er fast zwanzig Jahre älter als Ben war, konnte er auf einen breiten Erfahrungsschatz zurückgreifen. Es gab kaum jemanden in der Szene, der ihm unbekannt war. Und natürlich profitierte Ben von Johannes' Wissen.
An jenem Tag präsentierte Johannes seine Eroberung. Ben musste die Wohnung leise betreten, die Tür war offen. Jason schlief, und Ben konnte ihn ungestört betrachten.
»Und?«, flüsterte Johannes Ben zu. »Wie gefällt er dir?«
»Er ist hübsch.«

Johannes lächelte. »Das ist er. Und er wirkt so unschuldig, findest du nicht auch?«
Ben nickte.
»Aber lass dich nicht täuschen, er ist sehr widerspenstig.«
»Widerspenstig?«
Das war ungewöhnlich. So kannte Ben Johannes nicht. Der alte Meister liebte seine Sklaven gefügig. Jeder Ungehorsam wurde mit großen Schmerzen bestraft. Aber Jason sah nicht aus, als ob er verprügelt oder auf andere Weise misshandelt worden wäre.
»Ich habe ihm das Halsband kurz bevor du gekommen bist abgenommen.«
»Hast du ihm ein Schlafmittel gegeben?«
Johannes lachte und schüttelte dabei den Kopf.
»Nein, wo denkst du hin. Du weißt doch, dass ich kein Freund von Drogen bin.«
»Aber …?«
»Wir haben ein bisschen rumgetobt, dann ist er eingeschlafen.«
Ben sah sich um, sah aber kein Spielzeug.
»Ich habe aufgeräumt«, sagte Johannes grinsend. »Und weißt du, was sehr merkwürdig ist?«
Ben schüttelte den Kopf.
»Wenn ich im Zimmer bin, ist er sehr brav, aber wenn ich es verlasse, stellt er irgend etwas an. Ich finde das sehr kindisch.«
»Erinnert mich an das Verhalten von Katzen.«
Johannes lachte.
»Du und deine Katzen. Da ist es richtig verwunderlich, dass du so unterwürfig wie ein Hund sein kannst.«
Ben grinste. Johannes hatte Recht. Als sie sich kennen gelernt hatten, liebte er es, wie ein Hund behandelt zu

werden. Widerstandslos hatte er sich Johannes unterworfen, wie ein Omegahund dem Alphamännchen.
Johannes war ein massiger Mann, fast zwei Meter, breite Brust, riesige Arme und Hände. Er hatte einen wunderschönen, gepflegten, schwarzen Bart, und war auf dem Kopf kahl. Ansonsten war er sehr behaart, auch am Rücken. Außerdem war er ein anspruchsvoller Meister, der genau wusste, wie weit er einen Sklaven treiben konnte, um alles von ihm zu bekommen.
Jason räkelte sich und öffnete die Augen. Erstaunt sah er Ben an, dann lächelte er. Er war kleiner als Johannes, mehr ein Junge als ein Mann. Er war von athletischem Körperbau, und seine Bewegungen hatten etwas Geschmeidiges an sich.
»Jason, das ist Ben.«
»Hallo.«
»Alles in Ordnung?«, fragte Johannes und zog Jason besitzergreifend an sich.
»Ich habe geschlafen und die Sonne genossen.«
»Ben und ich gehen essen. Willst du mit?«
Jason nickte. Dabei sah er Ben direkt in die Augen. Dieser sah eingeschüchtert in eine andere Richtung. Jason grinste. Fast zufällig berührte er leicht Bens Hand mit der seinen, zog sie aber schnell wieder weg, als er Johannes' mahnenden Blick sah.
»Wo ist eigentlich Shep?«, fragte Ben.
Shep, war Johannes' Schäferhund.
»Ich habe ihn zu meinem Bruder. Jason versteht sich nicht gut mit ihm.«
»Da haben wir ja eine Gemeinsamkeit«, sagte Ben lachend. Jasons Blick wurde neugierig.
»Ich mag Katzen«, sagte er leise.
»Ich auch«, antwortetet Ben.

»Das spüre ich«, sagte Jason leise, so dass Johannes es nicht hören konnte.
Ben spürte ein seltsames Band zwischen ihm und Johannes' Sklaven. Er bekam einen Steifen, als er daran dachte, Jason besitzen zu können. Nicht als Leihgabe, sondern für immer. Natürlich würde Johannes ihn entleihen, das tat er immer mit seinen Kerlen, aber er ließ sie erst gehen, wenn er genug von ihnen hatte. Ben würde warten müssen. Und doch spürte er, dass Jason anders war. War er wirklich Johannes' Besitz? Ben bezweifelte das. Und doch wirkte Jason in diesem Moment so unterwürfig, wie es ein Sklave nur sein konnte.
Jason stand auf und verließ das Zimmer. Geschmeidig und anmutig wirkten seine Bewegungen, aber nicht feminin.
Selbst als der nackte Mann aus seinem Blickfeld verschwunden war, dachte Ben noch an ihn. Das folgende Essen in Johannes' Stammkneipe war wie ein Traum. Bens Gedanken wandten sich immer wieder seinen Fantasien mit Jason zu. Als das Essen beendet war, schlug er eine Einladung den Abend mit Johannes und Jason zu verbringen, aus. Er wollte nicht teilen, er wollte Jason für sich.

Tage vergingen, dann rief Johannes Ben an.
»Ich werde aus ihm nicht schlau.«
»Jason?«
»Ja.«
»Was ist mit ihm?«
»Manchmal glaube ich, dass er nicht mein Sklave sein will. Und dann ...«
»Ja?«
»Wenn er es nicht sein will, warum lebt er dann mit mir

zusammen?«
»Tut er das?«
»Mehr oder weniger. Er verbringt mehr Zeit bei mir als in seiner Wohnung, und doch habe ich das Gefühl, dass er mir nicht ganz gehört.«
»Er ist wie eine Katze, Johannes, er gehört nur sich selbst.«
Ben hoffte, dass seine Stimme nicht zu sehr zitterte.
»Er ist mir ein Rätsel. Manchmal bin ich mir nicht sicher, ob ich sein Sklave bin und er der Meister.«
»Wo hast du ihn überhaupt kennen gelernt?«
»Im Labyrinth.«
Ben grinste. Er selbst hatte sich schon in den Untiefen des Labyrinths herumgetrieben, aber das versprochene Cruising Unlimited war für ihn eher enttäuschend. Und dann gab es diese Gerüchte. Erst letzte Woche hatte es einen Toten gegeben. Aber hätte Ben gewusst, welche Kleinode sich dort herumtrieben, hätte er seine Abneigung vielleicht überwunden. Jetzt war es Johannes, der Jason besaß, nicht er.
»Und?«
»Was und?«
»Wie ist er so?«
»Das habe ich dir doch gesagt.« Johannes‘ Stimme klang leicht genervt. »Er ist nicht wie andere Sklaven.«
»Und das stört dich?«
»Das weiß ich nicht.«
Dann wechselte Johannes das Thema.
»Shep ist tot.«
»Was?« Ben konnte das Gehörte nicht glauben. »Wie? Er war doch noch gar nicht so alt.«
»Stimmt. Ich hatte ihn über das Wochenende bei mir, und dann lag er tot im Bad.«

»War Jason auch da?«
»Ja, wieso fragst du?«
»Wie sind die beiden zurecht gekommen?«
»Na ja, sie sind sich aus dem Weg gegangen. Ich habe die beiden nie im selben Zimmer gesehen. Das war schon komisch. Glaubst du, dass…?«
»Nein, was für ein absurder Gedanke.«
»Das wäre auch gar nicht möglich. In der Nacht als Shep starb, war Jason im Käfig.«
»Und du?«
Johannes lachte.
»Ich habe geschlafen, wie es ein braver Bürger des Nächtens macht.«
»Vor allem, weil du so ein braver Bürger bist.«
»Du, Ben, ich muss Schluss machen, Jason kommt gleich, und ich habe noch ein paar Vorbereitungen zu treffen.«
»Wer ist hier Meister, wer der Sklave?«, fragte Ben. »Jetzt weiß ich, was du meinst.«

Zwei Tage später traf Ben Jason zufällig im Supermarkt. Ohne Johannes.
»Hallo Jason«, begrüßte Ben ihn. Seine Stimme zitterte. Jason grinste.
»Hi!« Es klang mehr wie ein Schnurren.
»Wo ist Johannes?«
Jason zuckte mit den Schultern.
»Keine Ahnung. Er wollte mit einem anderen Meister reden und meinte, ich könnte den Tag machen, was ich will. Dann hat er mich aus der Wohnung geschmissen.«
»Hast du keine eigene?«
»Nein, im Moment nicht.«
Ben zögerte kurz, ob er Jason ein Angebot machen sollte.

Es kam ihm vor wie Betrug, aber wenn Jason einen freien Tag hatte, konnte er tatsächlich tun und lassen, was er wollte. Das kannte Ben von früher. Auch er hatte ein paar freie Tage bekommen, während er Johannes‘ Sklave war. Allerdings hatte er seine Tage nicht zum Streunen durch Supermärkte genutzt, sondern seine Eltern besucht. Aber er erinnerte sich noch daran, was ihm während seiner freien Tage erlaubt war. Auch Sex mit anderen Männern. Er atmete tief durch und hoffte, dass seine Stimme nicht zitterte.
»Willst du mit zu mir?«
»Gerne.« Jasons Antwort kam blitzschnell.
An der Kasse schmiegte sich Jason sehr auffällig an Bens Körper. Fast schien es, als würde er schnurren. Die Kassiererin und einige Kunden sahen zwar den beiden Männern irritiert zu, aber Ben war das egal. Er schwebte im Siebten Himmel. Heute würde Jason ihm gehören, wenn auch nur für ein paar Stunden.

Ben hatte nur eine kleine Wohnung. Zumindest für Gäste, die von seinen Neigungen nicht wussten. In seinem Schlafzimmer hatte er eine Geheimtür, die nur seine engsten Freunde kannten. Und hinter dieser Tür befand sich sein Dungeon. Kein Fenster, düsteres Licht, ein Andreaskreuz, ein kleiner Käfig, zu klein, als dass ein Mensch darin stehen konnte, und diverses Spielzeug aus Lack und Leder, mehr oder weniger im Raum verteilt. Als Jason die Wohnung betrat, wurde er sofort von einer Siamkatze angesprungen, die sich schnurrend an seinen Beinen rieb.
»Das ist Samantha«, stellte Ben Jason seine Mitbewohnerin vor. »Normalerweise zieht sie sich zurück, wenn ich Besuch habe.«

»Ich mag Katzen«, sagte Jason. »Und Katzen mögen mich.«
»Aber ich wollte dir nicht Samantha zeigen«, meinte Ben grinsend.
»Das dachte ich mir schon«, entgegnete Jason und erwiderte das Grinsen. Mit einer einfachen Handbewegung zeigte Jason, dass die Katze gehen konnte, und sie folgte seinem Befehl. Sie erkannte sofort seinen höheren Rang an.
Ben führte Jason in seinen Dungeon und präsentierte stolz seine Errungenschaften.
»Ich mag es nicht, wenn man mich fesselt oder mir sonst die Freiheit raubt«, sagte Jason schlicht.
Ben starrte ihn fassungslos an.
»Aber, bei Johannes…«
»Das ist etwas anderes. Ich spüre den Unterschied zwischen euch.«
»Was? Wie?«
Jason schnurrte, fast wie eine Katze, und strich dabei beiläufig mit seinem Kopf über Bens Brust.
»Ich kann es fühlen, glaube mir. Du bist ein wahrer Meister, wenn du beherrschst, dann beherrschst du. Johannes wird von seinen Sklaven beherrscht. Er merkt es nur nicht.«
Während er sprach zog sich Jason das Hemd aus.
»Was soll das?«
»Ich ziehe mich aus.«
Ben konnte den Blick nicht von Jasons Brust wenden, und erneut regte sich sein Schwanz in der Hose.
»Wenn du mich fängst, bin ich dein, dann kannst du mit mir machen was du willst, egal wie brutal du es willst.«
Jason ließ seine Hose zu Boden gleiten. Sein Slip zeigte eine beachtliche Ausbuchtung.

»Wenn du mich erwischst, dann habe ich es nicht anders verdient, als dein Sklave zu sein.«
Jason lachte und zog sich genüsslich, fast wie in Zeitlupe, erst die Schuhe, dann die Socken aus.
Ben machte einen Schritt auf ihn zu, versuchte den anderen Mann zu greifen, aber dieser wich geschickt seinem Griff aus.
»Ich bin schnell«, sagte Jason.
»Ich bin geil«, sagte er, und zog seinen Slip aus, darauf bedacht nicht in Bens Reichweite zu geraten.
Ben grinste teuflisch.
»Ich muss dir gar nicht nachlaufen, ich kriege dich auch so.«
»Ich bin schnell«, wiederholte Jason.
»Mag sein, aber der Raum ist sehr klein.« Mit diesen Worten schloss Ben die Tür des Dungeons. Für kurze Zeit waren die beiden im Dunklen, bis Ben das Licht anschaltete. Jason stand nackt, mit stehendem Gemächt am anderen Ende des Raums.
»Noch hast du mich nicht«, sagte er.
»Noch nicht«, gab Ben ihm Recht. »Aber lange kann es nicht mehr dauern. Du kannst gleich aufgeben und dich mir unterwerfen, oder wir spielen solange *Hasch mich!* bis du aufgibst.«
Jason lachte leise. Seine Augen blitzten belustigt auf, als er direkt in Bens Augen sah.
»Jetzt kommt der wahre Meister durch. Aber freiwillig ergebe ich mich nicht.«
Ben stürzte auf Jason zu. Katzengleich wich der junge Mann aus, und selbst als sich Ben einiger Peitschen bediente, gelang es ihm nicht Jason einzufangen.
Als Jason an der Tür des Dungeons angelangt war, versuchte er sie zu öffnen, vergeblich.

»So einfach ist das dann auch nicht«, sagte Ben und rannte auf Jason zu. Er versuchte jedoch gar nicht den Widerspenstigen zu fangen. Nachdem Jason von der Tür geflohen war, schaltete Ben das Licht aus, öffnete die Tür mit einem geheimen Mechanismus in der Wand, und verließ das Dungeon.
»Jetzt!«, schrie er. »Bist du mein Gefangener, bis du winselnd vor mir angekrochen bist. Ich habe gewonnen.«
»So kriegst du mich nicht zum Winseln«, schrie Jason zurück. »Ich bin kein Hund.«
Dann war er ruhig.
»Ich lasse dich gerne noch ein paar Stunden schmoren«, drohte Ben. »Was wohl dein Meister dazu sagen würde?«
»Er hätte Angst mich an dich zu verlieren«, antwortete Jason hinter Ben. Erstaunt, erschrocken und verwirrt drehte sich Ben um.
»Was? Wie?«
Jason grinste breit. Seine Erektion war verschwunden
»Du magst ein Meister in der Fetischszene sein«, sagte er. »Aber auch ich bin ein Meister. Du kannst mich nicht beherrschen. Du bist zu schwach. Auch Johannes kann mich nicht beherrschen. Ich gehe zu Johannes zurück. Meine Freizeit ist beendet. Meine Kleidung!«
Ben war zu überrascht, als dass er etwas erwidern konnte. Er öffnete die Tür zum Dungeon und ließ Jason seine Kleider holen. Schnell hatte sich der junge Mann angezogen, gleich würde er sich auf den Weg zurück zu Johannes machen.
»Was war das?«, fragte Ben, als er seine Stimme wieder gefunden hatte.
»Ein Test«, war die schlichte Antwort. »Aber unter den Menschen scheint wohl niemand fähig zu sein, mich beschützen zu können.«

»Was meinst du damit? Ich dachte, du suchst einen Meister?«
»Das eine wie das andere, aber nicht hier.«
Und Jason verließ die Wohnung. Tröstend schlich Samantha um Bens Beine, und kurze Zeit später hatte er die Anwesenheit Jasons vergessen.

Danach ging Ben unbewusst Johannes und Jason aus dem Weg. Er nahm den Telefonhörer nicht mehr ab, wenn Johannes anrief, und auf Emails antwortete er ausweichend und knapp. Ben glaubte, dass Johannes wusste, dass er ihm aus dem Weg ging, aber er wollte kein Zusammentreffen, um sein Verhalten erklären zu müssen. Das konnte er selbst nicht, er wusste nur, dass er den beiden nicht begegnen wollte.
Ein paar Wochen später, an einem Mittwoch, nach einem Lederlabyrinth im Darkness, war Ben auf dem Heimweg. Kurz vor seiner Wohnung hörte er zwei Männerstimmen:
»Mietz! Hierher, Mietz!«
»Wen sucht ihr denn?«, fragte Ben. Die beiden Männer, beide eher dem Yuppie-Typ zuzuordnen, taxierten ihn von oben bis unten, bis einer von ihnen, ein schmächtiger Kerl mit Gel in den Haaren und Brille, sich zu einer Antwort herabließ.
»Wir dachten, wir hätten unseren Kater gesehen.«
»Wie sieht er denn aus?«
»Er ist etwas größer als eine normale Hauskatze und absolut schwarz.«
»Wir haben ihn vor ein paar Monaten unten am Fluss gefunden und mit nach Hause genommen«, sagte der andere, ein Mann, von unscheinbarem Äußeren, den Ben unter Tausenden nicht wieder erkannt hätte. Das gleiche galt vermutlich auch für seinen Freund. Zu langweilig, zu

oberflächlich, um in Bens Beuteschema zu passen. »Ein paar Wochen später ist er fortgelaufen. Ich denke, er hat mitgekriegt, das wir ihn kastrieren lassen wollten.«
»Mir ist keine schwarze Katze über den Weg gelaufen«, sagte Ben. »Aber ich werde die Augen offen halten.«
»Danke«, sagte der Brillenträger und klang schon weniger hochnäsig. »Der Kater heißt übrigens Jason.«
Ben schauderte, wobei er nicht wusste, ob es an dem nasskalten Wetter lag oder daran, dass er Jasons Namen gehört hatte. Sein Unterbewusstsein wollte ihm weismachen, dass Jason, der begehrenswerte junge Mann, und Jason, der große, schwarze Kater, ein und dieselbe Person waren, doch Ben wollte das nicht glauben. Er verdrängte den Gedanken, aber eine Gänsehaut behielt er trotzdem. Er verabschiedete sich schnell von den beiden Katzenbesitzern und ging nach Hause. Erst als er seine Wohnungstür hinter sich abgeschlossen hatte, verschwand die Gänsehaut, er konnte wieder durchatmen, und alle Gedanken an Jason waren verschwunden. Samantha strich um seine Beine, verschwand aber schnell wieder, als sie die Nässe spürte. Ben zog sich aus, duschte sich den Geruch des Darkness und den Regen ab und fiel danach todmüde ins Bett. Die ersten Vögel begannen mit ihrem Lied, und bald würde die Sonne aufgehen.
Es waren aber nicht die Sonnenstrahlen, die ihn weckten, es war das klägliche Miauen Samanthas. Sie saß vor der geheimen Tür zum Dungeon, klagte und kratzte an der Wand.
»Was ist denn los?«, fragte Ben verschlafen, stand auf und öffnete das Dungeon. In der Mitte des Raums lag Jason. Nackt, zerzaust und von Blut umgeben. Er rührte sich nicht. Ben wunderte sich nur kurz, wie der junge

Mann in sein Dungeon geraten war, lief zu ihm, um zu sehen, ob er noch lebte. Der Puls war schwach, Jason hatte viel Blut verloren. Jemand, ein Tier, vermutete Ben, hatte ihm den Bauch aufgerissen. Jason konnte von Glück sagen, dass er nicht zerfleischt worden war. Ben rannte zum Telefon und rief den Notarzt, der ein paar Minuten später eintraf. Die Sanitäter sagten kein Wort zum Dungeon, sie nahmen Jason wortlos auf einer Trage mit. Der Notarzt zog Ben zur Seite: »Ich weiß nicht, was sie mit ihm gemacht haben, aber das wird noch Konsequenzen für Sie haben. Die Polizei ist bereits verständigt.«
»Aber ich habe nichts getan.«
»Das können Sie der Polizei erklären.«
Und, als ob sie auf ein Stichwort gewartet hätten, betraten zwei Männer Bens Wohnung. Sie stellten sich als Kommissar Brühl und Kommissar Hintermoser vor. Die Frau von der Spurensicherung, die alle aus dem Dungeon scheuchte, um sich alles in Ruhe ansehen zu können, wurde nicht vorgestellt, und von sich aus sagte sie ihren Namen nicht.
Brühl stellte Ben einige Fragen.
»Wer ist der Verletzte?«
»Jason.«
»Jason, wer?«
»Ich weiß nur, dass er Jason heißt.«
»In welcher Verbindung stehen sie zueinander?«
»Wir kennen uns.«
»Wie gut?«
»Eher flüchtig.«
In der Zwischenzeit betrachtete Hintermoser das Dungeon mit regem Interesse. Die Befragung dauerte eine Stunde, genauso lange brauchte die Beamtin der

Spurensicherung. Ein paar Gerätschaften aus dem kleinen Raum hatte sie in Tütchen abgepackt.
»Die nehme ich für weitere Untersuchungen mit«, sagte sie bestimmend und versiegelte das Dungeon mit einem gelben Band. »Da geht jetzt keiner mehr rein!« Und dann verschwand sie.
Die Befragung war sehr erfolglos für die Kommissare verlaufen.
»Wir melden uns bei Ihnen, wenn wir noch Fragen haben«, meinte Brühl. »Sie sollten sich also nicht zu einem spontanen Trip außerhalb der Stadt entscheiden.«
Und auch die beiden Kommissare waren weg. Nachdenklich hielt Ben Brühls Visitenkarte in der Hand. Was sollte er tun? Er wusste nicht einmal, in welches Krankenhaus Jason gebracht worden war.
Das Telefon klingelte. Es war Johannes.
»Ben, bitte, ruf mich an!«, sprach er auf den Anrufbeantworter. »Es ist wichtig. Jason ist weg. Und ich weiß nicht, wohin er ist. Bitte melde dich! Ich brauche jemanden, mit dem ich reden kann. Und du kanntest ihn ja auch. Bitte, ruf mich zurück!«
Bevor Johannes auflegen konnte, nahm Ben den Hörer ab.
»Hallo«, sagte er, als wäre nichts passiert.
»Können wir uns irgendwo treffen?«, fragte Johannes und sie verabredeten sich in einem Coffee-Shop.
»Wir haben uns gestritten«, sagte Johannes. »Es war sehr heftig.« Er hatte Tränen in den Augen. Ben nahm seinen Freund in die Arme, schweigsam, denn er wusste nicht, was er sagen sollte.
»Den Anlass weiß ich nicht mehr. Aber Jason sagte, ich wäre ein schwacher Meister, den seine Sklaven beherrschen. Ist das wahr?«

Ben nickte nur, ohne Worte des Widerspruchs. Der Coffee-Shop war fast leer, nur die Angestellten wunderten sich, was zwei in Leder gekleidete Kerle zum Heulen brachte.

»Er sagte, ich könnte ihn nicht beschützen, kein Mensch könnte das, nicht einmal du.«

Ben sah Johannes fragend an. Wieso sprach Jason über ihn?

»Und dann ist er gegangen?«, fragte Ben.

Johannes nickte. »Er sagte nur tschüss, und dass wir uns nicht wieder sehen würden. Dann war er weg. Und ich weiß nicht, wohin er gegangen ist.«

»Ich muss dir etwas sagen«, begann Ben, dann stockte er. Wie sollte er es sagen? Er wusste selbst nicht wie und warum es geschah. Aber er konnte den Schmerz in Johannes' Augen nicht ertragen.

»Jason ist in irgend einem Krankenhaus.«

»Woher weißt du das?«

Und Ben erzählte von den Geschehnissen der vergangenen Nacht.

»Ich habe dich bisher aus der Befragung der Polizei heraus gehalten, aber vielleicht sprichst du mit ihnen.« Mit diesen Worten beendete er seinen Bericht und gab Johannes die Karte von Kommissar Brühl.

Johannes nickte.

»Ich weiß nicht, was zwischen Jason und dir vorgefallen ist«, sagte er und stand auf. »Aber, die Polizei wird Licht ins Dunkel bringen. Ich weiß nicht, ob ich dich noch zu meinen Freunden zählen kann.«

Johannes ging und ließ Ben mit der Rechnung zurück.

Ben zahlte und ging nach Hause. Warum sahen alle einen Verbrecher in ihm? Er hatte nichts getan. Hätte er Jason verbluten lassen sollen? Hätte er Johannes die Wahrheit

verschweigen sollen? Mit diesen und ähnlichen Fragen beschäftigte er sich bis zu seiner Wohnungstür.
Am Abend, als Ben es sich gerade vor dem Fernseher gemütlich machen wollte, klingelte das Telefon. Es war Kommissar Brühl.
»Sie wissen nicht wo Jason ist?«, fragte er nach einer kurzen Begrüßung.
»Nein. Warum?«
»Er ist aus dem Krankenhaus verschwunden.«
»Trotz seiner Verletzung?«
»Ja, es muss wohl weniger schlimm gewesen sein, als wir angenommen haben. Wenn Sie ihn sehen, sagen Sie mir doch Bescheid.«
»Ja.«
»Und warum haben Sie uns Herrn Sattler verschwiegen?«
»Ich weiß es nicht. Konnte er Ihnen weiterhelfen?«
»Nein. Er konnte uns auch nicht den vollständigen Namen von Jason sagen. Übrigens: Sie haben tatsächlich nichts mit der Sache zu tun. Jason wurde von etwas Klauenähnlichem angegriffen, und wir haben in ihrem kleinen Zimmer nichts gefunden. Ich weiß zwar noch nicht, wie er in ihre Wohnung kam, aber das finde ich auch noch heraus. Einen Mord wird Ihnen aber keiner anhängen können.«
»Ich bin auch unschuldig.«
Kommissar Brühl beendete das Gespräch. Nachdenklich setzte sich Ben vor den Fernseher, konnte sich aber auf den Film nicht konzentrieren. Seine Gedanken kreisten um Jason. Er war Johannes‘ Sklave gewesen, aber warum wurde er ständig mit Ben in Verbindung gebracht? Und warum tauchte er in Bens Dungeon auf? Nur weil er mit seinem Meister gestritten hatte. Und wann hatte Jason in

seiner Gegenwart behauptet, dass ihn kein Mensch beschützen könnte, und dass Johannes ein schwacher Meister war? Ben konnte sich nicht erinnern. Sein Kopf begann zu hämmern. Es dauerte, bis Ben merkte, dass das Geräusch von seiner Tür kam und nicht aus seinem Kopf.

Er öffnete. Vor ihm stand Jason. Nackt, aber unverletzt. Mit offenem Mund ließ Ben ihn ein. Samantha schmiegte sich sofort an Jasons Beine.

»Was?«, fragte Ben verwirrt. Viele Fragen spukten durch seinen Kopf, aber keine einzige brachte er über seine Lippen.

Jason sah ihn nur an. Er wirkte abgehetzt und hungrig.

»Ich erzähle es dir gleich«, sagte er. »Aber erst muss ich etwas essen.«

Nach drei Schinkenbroten und einem Glas Milch hatte sich Jason beruhigt und seinen Magen gesättigt. Auch Ben war inzwischen ruhiger geworden und hatte Zeit gefunden, seine Gedanken zu sammeln.

»Was ist passiert?«, wollte er wissen. »Du warst verletzt.«

Jason nickte. »Ich werde dir alles erzählen. Danach werde ich aus deinem Leben verschwinden, und vielleicht wirst du vergessen, was ich dir erzählt habe. Das ist auch besser so. Wenn du anderen davon erzählst, wird man dir nicht glauben. Und wenn man dir glaubt, bin ich tot.«

»Aber warum erzählst du mir das dann?«

»Weil ich dich liebe!«

Ben schwieg. Mit offenem Mund starrte er Jason an.

»Aber…«

»Ich weiß es auch nicht, es ist passiert. An dem Tag, an dem wir zusammen waren.«

»Aber...«
»Ja, du kannst dich daran nicht erinnern, ich weiß.« Jason lächelte. »Glaube mir, wir haben einen Tag verbracht, nur musstest du ihn vergessen.«
»Wovon redest du?«
»Das kannst du mich später noch einmal fragen«, antwortete Jason. »Hör mir erst einmal zu. Und unterbrich mich nicht, egal was ich dir erzähle. Ich erwarte nicht, dass du mir glaubst, aber, wenn du es tust, wirst du einiges besser verstehen.«
Und Jason erzählte:

»Ich bin kein Mensch, oder anders gesagt, ich bin ein halber Mensch. Es gibt zahlreiche Geschichten über Werwölfe, aber das bin ich nicht. Ich bin eine Werkatze. Ich kann die Gestalt von Mensch und Katze annehmen. Seit Jahrhunderten, glaube ich, gibt es die Auseinandersetzungen zwischen Werwölfen und Werkatzen, ähnlich wie die sprichwörtliche Feindschaft von Hund und Katze. Keiner weiß, warum das so ist, aber es erschwert das Zusammenleben. Wir dürfen nicht auffallen, sonst haben wir einen weiteren Feind: Den Menschen. Ich lebe noch nicht lange in der Stadt, habe aber bereits die Bekanntschaft des Werwolfrudels hier gemacht. Ich bin nur eine Katze, ich habe gegen einen einzelnen Wolf keine Chance. Aber einer von ihnen, er heißt Wolf, wurde durch mich gekränkt. Wir hatten ein kleines sexuelles Spielchen, nur wusste er nicht, dass ich eine Katze bin. Für mich war es ein Spiel. Ich erkannte seine Wolfsnatur sehr schnell. Ich habe ihn verführt, ich habe ihn gefickt und ihm meine Katzengestalt gezeigt. Er ist rasend vor Wut geworden und ich bin geflohen. Jetzt habe ich sein ganzes Rudel auf dem Hals. Reden nützt nichts, sein Stolz ist zu sehr gekränkt. Hätte ich das nur vorher gewusst. Es macht es nicht einfacher, dass er und ich in denselben Kreisen verkehren, und ein Großteil seines Rudels ebenfalls. Es gibt einen Zufluchtsort für alle nichtmenschlichen, intelligenten Wesen, aber dort kann ich mich nicht ständig aufhalten, und auch der Türsteher gehört dem Rudel an. Wenn ich hineingehe, komme ich vermutlich nicht wieder hinaus. Und niemand kann mich beschützen. Außer mir lebt noch ein Panther in der Stadt, aber er will mich nicht unterstützen. Ich dachte, dass sich die Menschen um mich kümmern, aber auch sie sind zu schwach, selbst wenn es sich um so genannte Meister handelt. Bei Johannes war ich sicher, und auch bei dir, solange, bis mich das Rudel aufspürte. Johannes und ich hatten einen Streit. Du hast ja mitbekommen, wie er mich herumzeigt. Einer seiner Freunde ist aus Wolfs Rudel und er wollte mich ausleihen. Johannes war einverstanden, ich nicht, wir stritten, und ich ging. Ich hatte Angst. Leider wusste das Rudel, wo Johannes wohnte, lauerte mir auf und überfiel mich. Es gelang mir gerade noch zu fliehen. Wir Katzen können innerhalb eines Augenblicks von einem Ort zum anderen wandern. Der einzige Ort, der mir einfiel, war deine Folterkammer. Deswegen war ich dort. Ich verlor das Bewusstsein, sonst wäre es anders gekommen und du hättest keine Scherereien mit der Polizei gehabt. Wir Werkatzen heilen schnell, wie die meisten Wesen, deren Existenz ihr Menschen anzweifelt.«

Jason beendete seine Erzählung. Ben schwieg, starrte den begehrenswerten, jungen Mann nur an. Sollte er die Geschichte mit der Katze glauben?

Jason rückte näher zu ihm heran. Und Bens Augen weiteten sich vor Schreck. Jason veränderte sich. Zuerst die Augen, dann das Gesicht. Die seidenweiche schwarze Körperbehaarung verwandelte sich in Fell. Jason beugte sich zu Ben, um ihn zu küssen. Der wich aus, aber er zog ihn an sich.

»Du willst es doch auch«, sagte Jason.

Ihre Münder trafen sich zu einem Kuss. Ben spürte die Schärfe von Jasons Zähnen auf seinen Lippen, die raue Zunge auf seiner. Dann wurde es schwarz.

Er erwachte nackt auf dem Fußboden in einem Nest aus ausgebreiteter Wäsche. Jason lag zusammengerollt neben ihm und leckte ihn mit seiner rauen Zunge, streichelte ihn mit seinen weichen Pfoten. Die seidigen Barthaare hatten sich über den größten Teil seines Gesichts ausgebreitet. Er rieb sein Gesicht in Bens Hand, nahm sie in den Mund und knabberte zärtlich daran. Unerwartet biss er so fest zu, dass Blut floss. Ben schrie auf und zog die Hand zurück.

Der Kater schnurrte, fast klang es wie eine Entschuldigung, und leckte das Blut auf. Dann küsste er Ben. Ben spürte den steifen Schwanz, der drängend gegen seinen Oberschenkel klopfte. Jason leckte an Bens Brustwarzen, biss hinein, und leckte das hervortretende Blut. Ben war gelähmt, vor Angst, Ekel und Faszination. Sein Ständer war hart und begierig, bereit alles zu tun, was die Katze in seinen Armen wollte. Jason schnurrte zufrieden, als könnte er die Gedanken Bens erahnen. Dann leckte er so lange an Bens Körper, bis er das Arschloch erreichte. Seine raue Zunge brachte Ben bis fast vor den Orgasmus, aber als er den Schwanz der Katze in sich spürte, ergoss er sich in mehreren Schüben und schrie dabei so laut, dass man es noch auf der Straße hören musste. Es spielte keine Rolle mehr, dass Jason seinen Rücken zerkratzte, ihn biss, und das Blut leckte, während er sich in immer heftiger werdenden Stößen seinem eigenen Orgasmus näherte. Als er kam, schrie er, als würde es sein letzter Atemzug sein, verkrallte und verbiss sich tief in Bens Fleisch. Dann war es vorbei und Ben erneut in die Bewusstlosigkeit geflohen.

Am nächsten Morgen erwachte er in seinem Bett, blutverkrustet und voller Schmerzen.

Er konnte sich nur dunkel an den gestrigen Abend erinnern, aber er erzählte niemandem davon. Von Jason hörte er danach auch nie wieder, und in den vergehenden Jahren würde die Erinnerung an die Werkatze verblassen.

Magic Moment

Der Magic Moment ist eine besondere Form des Orgasmus. Nur während des Geschlechtsakt mit einem Sidhe kann er erlebt werden. Doch das Edle Volk scheut sich davor diese Art der Magie anzuwenden. Nur selten nutzen die Feen des dunklen Hofs den Magic Moment, denn ihnen selbst bringt er nichts. Nur wenn die Leidenschaft sie übermannt und sie sich ihren Begierden hingeben, kann es passieren, dass sie einem Menschen den Tod bringen, denn das bedeutet der Magic Moment für sie: Der allerletzte Orgasmus

Samstagnacht, kurz nach eins. Liam stand vor seinem Kleiderschrank, oder besser gesagt: dem Zimmer, das er zum Kleiderschrank umfunktioniert hatte, und überlegte, wohin er gehen und was er anziehen sollte. Er warf einen Blick auf seine Lederoutfits. Disco oder Bar? Irgendeine Party? Liam konnte sich nicht entscheiden. Er seufzte und betrachtete seinen Körper im Spiegel. Er war ein gut aussehender junger Mann. Das Blut der Sidhe floss in ihm, und das Edle Volk war bekannt für seine Schönheit.

Er war von schlanker, zierlicher Figur, wirkte aber nicht feminin. Seine Gesichtszüge waren hart und doch Begierde erweckend. Er trug einen schwarzen, gepflegten Goatee. Sein Haar war ebenfalls schwarz und bot einen guten Kontrast zu seiner hellen Haut. In seinen braunen Augen lag nichts Außergewöhnliches, nur wenn das Licht im richtigen Winkel auf sie traf, schimmerten sie golden. Neben den spitzen Ohren ein Zeichen des wahren Sidhe.

Selbstverliebt ließ er seine Muskeln spielen. Er versank

in seinem eigenen Spiegelbild, vergaß den eigentlichen Grund seiner Nacktheit. Gedankenverloren strich er über seine Brust, über den flachen Bauch. Was sollte er nur anziehen?
Nackter Oberkörper mit Ledergeschirr und passende Hose? Für das Darkness vielleicht zu übertrieben. Ob es irgendwo eine passende Party gab? Überlegungen, die ihn nicht wirklich weiterbrachten. Jeans? Chaps? Als Cowboy ins Darkness? Der Gedanke gefiel ihm und so suchte er sich das passende Outfit zusammen: Einen flachen Cowboyhut aus schwarzem Wollfilz und einem dunklen Lederband an der Krempe. Schwarze Lederstiefel mit schrägem Absatz, mit einem gesteppten Drachen. Blue Jeans. Liam entschied sich gegen Leder und gegen Chaps. Ein einfacher schwarzer Gürtel mit silbernen Drachenbucklet und einem schlichten Bolotie mit einem kleinen silbernen Drachen.
Fertig gekleidet betrachtete sich Liam erneut im Spiegel. Ganz zufrieden war er noch nicht. Unbewusst strich er sich über seine spitze Ohren. Sollte er noch einen Mantel überziehen? Er überlegte kurz, entschied sich dann aber dagegen und zog eine einfache schwarze Weste an. Fertig.
Es war fast halb drei als er seine Wohnung verließ. Seine spitzen Ohren wurden rund und ein schwarzer Drache zierte seinen rechten Oberarm. Sidhemagie, die jedes menschliche Auge täuschen konnte.
Das Darkness war nur ein paar Straßen entfernt. Die beiden Türsteher grüßten Liam wie einen Stammkunden. Der Bär im Militärlook hinter der Kasse grinste und ließ den Sidhe passieren, ohne Eintritt zu verlangen. Er würde sich später nicht daran erinnern können, dass er nicht gezahlt hatte.

Das feine Gehör des Sidhe konnte die psychedelische Musik in den Hintergrund drängen und einzelne Stimmen der Besucher hervorheben, aber er konnte sie keinem Bekannten zuordnen. Später würde Liam seine Augen sondieren lassen, aber sein erster Gang galt der kleinen Bar bei den Toiletten. Dort gab er grinsend seine Weste ab. Augenkontakt und zuckende Mundwinkel, eine zarte kaum spürbare Berührung der Finger bei Übergabe der Weste, das musste genügen. Liam liebte es den Barmann in Verlegenheit zu bringen. Der Typ war neu und wirkte unsicher, wenn er angeflirtet wurde. Liam mochte den Kerl, ließ sich ein Bier geben und verschwand. Er bahnte sich einen Weg Richtung Tanzfläche. Sein Blick glitt durch das dämmrige Licht, aber im Gegensatz zum menschlichen Auge erkannte er mehr als nur Schatten. Liam erreichte die Tanzfläche ohne angesprochen zu werden. Das war ihm nur durch seine Magie möglich gewesen, sie machte ihn fast unsichtbar.
Die Musik im Darkness war gewöhnungsbedürftig, aber vielleicht machte das den besonderen Reiz aus. Technoklänge waren nicht vorherrschend, und wenn, dann oft mit Klassik unterlegt. Selbst ohne Drogeneinfluss bekam man das Gefühl in eine fremdartige Welt einzutauchen. Die Tanzfläche war nicht so voll wie Liam gedacht hatte, die meisten Gäste standen gelangweilt an den Wänden, oder vergnügten sich auf den Toiletten, im Darkroom oder anderen dunklen Ecken. Sein Blick schweifte über die Umgebung. Die Tanzfläche war von den üblichen Stammgästen bevölkert. Hin und wieder sah Liam auch wie einer der Tänzer sich ein Fläschchen unter die Nase hielt. Poppers.
Nach wem er Ausschau hielt, wusste er selbst nicht, aber

wenn er ihn gefunden hatte, würde er es wissen. Es war wie eine Art Magie, auf die er selbst keinen Einfluss hatte. Bis vier Uhr würde er noch bleiben, wenn er bis dahin noch immer ohne Aufriss war, würde er gehen.
In der vergangenen halben Stunde war kein neuer Gast gekommen, niemand, dem Liam seine Aufmerksamkeit hätte schenken können. Die Tanzfläche war fast leer, neben dem Sidhe waren noch vier Lederkerle am Tanzen, zwei davon eng umschlungen, die Zungen gierig im Mund des anderen. Kurze Zeit später zog ein leichtes, erregendes Prickeln über Liams Haut. Er spürte, dass ein neuer Gast das Darkness betreten hatte, jemand, der interessant sein könnte. Und dieser Jemand näherte sich unbeirrt der Tanzfläche.
Ein Mann, von umwerfender Schönheit, jemand der Liams Liebe wert war, und jemand, der den Magic Moment erfahren musste, um zu sehen, was Liebe bedeutete, wahre Liebe, wie sie nur ein echter Sidhe schenken konnte. Nie zuvor hatte sich Liam so von seinen Gefühlen leiten lassen, gleichzeitig wurde ihm warm und kalt. Er wollte diesen Mann besitzen, ihm alles geben, wenn auch nur für kurze Zeit. Fast hätte er seine Feenmagie fallen lassen und wäre als Sidhe auf der Tanzfläche erschienen.
Der Fremde hatte Liams Statur, und auch die Haut war blass. Das blonde Haar war kurz, aber lang genug, dass es stachelig nach oben stand, als ob keine Frisur vorhanden und er nur mit der Hand durchgefahren wären. Seine markanten, harten Gesichtszüge wirkten maskulin und auf anziehende Weise brutal. Seine Mundwinkel waren leicht nach unten gezogen, als ob er selten lachte. Ein unauffälliger rotblonder Dreitagebart zierte Kinn und Wangen. Sein Outfit war nichts Besonderes: Schwarze

Lederstiefel, ohne jegliche Verzierung, Blue Jeans mit schwarzem Gürtel und ein enges weißes Shirt. Ein etwa drei Zentimeter dickes schwarzes Lederband am linken Oberarm und eine silberne Creole am rechten Ohr waren der einzige Schmuck. Den interessierten Männern war anzusehen, dass es ihnen egal war, was der Neuzugang trug, sie wollten mit dem Objekt ihrer feuchten Träume schmutzige Dinge an diversen Orten unternehmen, und da war Kleidung bedeutungslos.
Das Seltsamste und zugleich Faszinierendste an ihm waren die Augen. Ein helles Blau oder ein helles Grün, Liam konnte es nicht mit Sicherheit sagen, ständig wechselten sie die Farbe. Vielleicht lag es an der Beleuchtung.
Es war Liebe auf den ersten Blick. Liam spürte, dass der Fremde sein war sobald er auf der Tanzfläche war. Er hatte die Augen geschlossen, wirkte abwesend und arrogant, aber er und Liam kamen sich näher. Testosteron, pure Geilheit und Poppers lagen in der Luft. Der Fremde öffnete die Augen, als er vor Liam stand, Braun traf auf Grün, sekundenlang.
»Ryan.«
Der Fremde hatte einen Namen. Er lächelte nicht, und auch Liam war Arroganz pur, obwohl es ihn sehr viel Willenskraft kostete, sich nicht vollkommen gehen zu lassen und vor dem anderen auf die Knie zu fallen. Er lenkte sich ab, indem er seine Magie auf die anderen konzentrierte, niemand sollte ihnen in die Quere kommen, und niemand sollte sich an sie erinnern sobald sie erst einmal gegangen waren. Sie standen, eingefroren in der Zeit, mitten auf der Tanzfläche, eng umschlungen, den Mund des anderen mit der Zunge erkundend.
Ryan schmeckte nach frischen Kräutern, nicht den

scharfen, wie sie in Hustenbonbons vorkamen, angenehmer, wie eine Frühlingswiese fernab der Zivilisation. Nicht nur Liam fiel es schwer sich zu lösen, aber er wollte Ryan seine Liebe auf andere Art beweisen, nicht nur mit der Zunge, nicht auf der Toilette und nicht im Darkroom. Worte waren nicht nötig, Ryan ahnte, was Liam wollte, er ließ sich einfach führen. Der Barmann grinste als er Liam seine Weste gab, sagte aber kein Wort.

Die beiden Männer schwiegen auf dem Weg zu Liams Wohnung. Das Bett war groß und bestand nur aus einer einzigen Matratze. Die rote Satinbettwäsche lag verführerisch auf dem schwarzen Laken. Während Liam Ryan auf das Bett zog, dämmte er langsam das Licht. Es war ganz für diesen Augenblick geschaffen, ein sanftes Blau verwandelte den Raum in etwas Traumähnliches. Liam küsste Ryan zart auf den Mund, Lippe berührte Lippe, ein Kuss, der unschuldig begann, dann in beiden Körpern ein leichtes Schaudern hervorrief. Vorsichtig suchte Liams Zunge den Weg in Ryans Mund, wobei sie auf spielerischen Widerstand stieß. Hände erkundeten den anderen Körper, zärtlich waren die Berührungen. Die Augen waren geschlossen, intensiver war dadurch das Gefühl von Nähe. Wie beiläufig ließ Liam Hut und Weste fallen. Sanft fuhren Ryans Finger über die Brust des Sidhes, berührten die erhärteten Nippel. Er ließ seinen Kopf nach unten sinken und leckte spielerisch mit seiner Zunge über Liams Körper. Das war der Moment, in dem, unter einem erregenden Zittern, der Sidhe seine Magie fallen ließ und er vor Ryan in seiner wahren Gestalt stand. Der andere Mann merkte das nicht. Die beiden küssten sich erneut. Liam zog Ryan das Shirt über

den Kopf und warf es achtlos ins Irgendwo. Sanft strichen Liams Finger über die feinen Härchen von Ryans Brust. Augen öffneten sich und die beiden sahen sich an. Zärtlich strich Ryan über Liams Oberarm, dort, wo bis vor kurzem noch die Illusion einer Tätowierung zu sehen gewesen war.
Er küsste Liams Hals, aus den Liebkosungen wurden kleine Bisse. Die beiden Männer stöhnten, spielerisch rollten sie, engen Körperkontakt suchend, über das Bett. Ihre Küsse wurden intensiver, wechselten sich mit Bissen ab. Die Leidenschaft zwischen ihren Beinen war nicht zu übersehen. Zufrieden registrierte Liam, dass auch Ryan einiges zu bieten hatte. Schließlich lagen sie nackt nebeneinander, kleine Perlen des Schweißes rannen über ihre Körper.
Die beiden berührten sich vorsichtig, kaum, dass Haut an Haut rieb. Sie drangen in Dimensionen der Lust vor wie sie nur Sidhe erleben konnten, Sidhe untereinander, denn nur diese hatten das Feingefühl und die Sensitivität, sich auf die Gefühle, die Liebe, die Leidenschaft eines anderen einzulassen. Wenn zwei Sidhe aufeinander trafen, verstärkten sie gegenseitig das Gefühl, die Liebe, die Leidenschaft. Nur Sidhe waren zu dieser Liebe fähig. Spitze Ohren, feinere Gesichtszüge. Jetzt erkannte Liam, dass Ryan wie er war, auch er hatte sein wahres Ich durch Magie verborgen, ihm war es unmöglich gewesen, sie im Augenblick tiefster Erregung aufrecht zu halten.
Die beiden Sidhe gingen weit, ihre Lust drang lautstark in Regionen hervor, die ein Mensch nicht mehr wahrnehmen konnte, geschweige denn überhaupt bemerkt hätte. Es war eine leidenschaftliche Nacht. Die Sonne ging auf, aber gefangen in ihrer Ekstase bemerkten die beiden Männer das nicht. Weder Liam noch Ryan

hatten jemals diese Erfahrung gemacht, sie hatten nicht gewusst, welche Orte der Lust sie erklimmen konnten. Und niemand vor ihnen. Liams Besessenheit vom Magic Moment steuerte auf eine leidenschaftliche Eruption der Gefühle hin, die sich keine Fee, egal ob Sidhe oder nicht, egal welchem Hof sie angehören mochte, vorstellen konnte. Die Körper zuckten hemmungslos, schwitzend, stöhnend, die Begierde aufeinander ließ das Zimmer erglühen, kleine Funken des sexuellen Begehrens entluden sich in der Luft, gleich einem fantastischen Feuerwerk. Die Magie der Sidhe wob sich in diese Funken, sinnliche, erregende Düfte wurden wahrnehmbar. Der Augenblick des Magic Moments kündigte sich an, etwas Unmögliches war bereit zu geschehen.
Liam und Ryan wussten nicht, was passieren würde, aber für beide war es zu spät das Spiel der Lust abzubrechen, sie hatten ihre Gefühle nicht weiter unter Kontrolle. Es brodelte nicht nur in ihren Körpern, ihre Gedanken waren nur noch von einem beherrscht, dem Magic Moment. Beide wollten es, und durch dieses Einvernehmen wuchs die Kraft der Leidenschaft. Orchideen entstanden aus dem Nichts, Schmetterlinge in den schillerndsten Farben tauchten auf und verschwanden wieder. Der süßliche Duft von Blüten war zu riechen und melodisches Vogelgezwitscher kam wie aus dem Nichts. Die Sidhe spürten die Nähe des nahenden Orgasmus, der sich in einer befreienden Gemeinsamkeit entladen sollte. Bis an die Grenzen des Seins gingen beide, wussten, was sie wollten, kannten das Ende aber nicht.
»Jetzt!«
Das gemeinsame Signal war wie die Erlösung. Die Hitze der Körper war unerträglich, die zuckenden Körper und

die spritzende Entladung waren nur ein Vorgeschmack dessen, was die beiden danach empfanden – den Magic Moment. Die Gedanken der beiden Sidhe wurden zu purer Lust, langsam verging die Zeit, die schönsten Momente der sexuellen Leidenschaft, die Sensibilisierung der Geilheit, gleich einem ekstatischem Drogenrausch. Die Empfindungen waren vielseitig, und doch fällt die Beschreibung dieses Augenblickes schwer, will man sich nicht in nichts sagende Belanglosigkeiten ergießen.
Stunden, Tage, Wochen vergingen, leidenschaftliche Verwirrung umgab die beiden, dann kam der traumlose Schlaf.
Ryan erwachte als erster. Sie befanden sich weitab von Liams Bett, auf einer traumhaften Sommerwiese, mit duftenden Blumen, bunten Vögeln und Schmetterlingen, den Klängen von Zikaden, Grillen und wahren Meistern des Gesangs unter den Vögeln. Gefangen in dieser verwirrenden Welt der Illusion und Gefühle suchte Ryan seine Kleidung zusammen. Er zog sich an und betrachtete Liams nackten, schlafenden Körper, der mit dem Bauch in der Wiese lag. Der Sidhe beugte sich hinunter und gab seinem Liebhaber einen Kuss auf den Hintern. Ganz sanft, die Lippen berührten den Körper kaum. Aber es genügte, um Liam zu wecken. Grinsend sah er Ryan an.
»Du bist Sidhe!«
Langsam verschwand die Illusion der Wiese und das von der Sonne erleuchtete Zimmer Liams wurde sichtbar. Die beiden sahen sich an, es musste nichts gesagt werden. Nie zuvor hatten sich zwei Sidhe unsterblich ineinander verliebt, und nie zuvor hatten zwei Sidhe das Höchste aller Gefühle miteinander teilen können: Den Magic Moment.

Lorenzo

Mein Name ist Lorenzo Rossi. Zumindest war er das bis zu meinem Tod. Ich war Italiener, geboren in Mailand, aber schon lange in Deutschland lebend .
Italien mag für den Deutschen das Traumurlaubsland sein, aber für einen Schwulen ist es nicht einfach dort zu leben. Mailand und Rom mögen zwar Ausnahmen sein, aber das Leben in Deutschland ist einfacher. Sterben kann man überall. Ich will hier niemanden mit den Vor- und Nachteilen Italiens oder Deutschlands langweilen, ich habe etwas anderes zu erzählen. Die Umstände meines Todes und das, was danach kam.
Das mag jetzt seltsam klingen, aber ich bin nur gestorben, weil ich in das Liebesspiel von zwei Werwölfen geraten bin. Wären einige Dinge anders gelaufen, würde der Mensch Lorenzo Rossi noch heute leben. Und keine Angst ... dies wird keine Geschichte über eine Nahtoderfahrung .

Es war ein Mittwoch im Oktober. Die größte Gaylederdisko der Stadt hatte ihre Tore zum fröhlichen Cruisen geöffnet. Das Goatee-Labyrinth diente den lüsternen Schwulen der Stadt zur schnellen Befriedigung in einem riesigen Darkroom.
Das Darkness gehörte zu meinen Lieblingsorten am Wochenende, obwohl ich nicht zu den Lederkerlen gehörte. Ich liebte Jeans, aber auch dieser Fetisch war im Darkness gern gesehen. Mein gutes Aussehen mag ein weiteres sein, warum ich keine Probleme hatte, an den Türstehern vorbei zu kommen. Es mag den Anschein haben, dass jeder die Disko betreten konnte, aber dem war nicht so, nicht jeder war gern gesehen.

Meine letzte Beziehung lag schon einige Monate zurück, länger noch mein letzter Fick. Es war einige Jahre her, dass ich zuletzt einigen Jahren war, da es dort einfacher ist, jemanden für ein sexuelles Abenteuer zu bekommen als in einer Kneipe. Die Anonymität und Ungezwungenheit des Ortes war ein weiteres Pro.
Nicht immer hat das Labyrinth ein Motto, doch an diesem Tag, dem Tag meines Todes, war das der Fall. Bartträger bekamen ein Bier umsonst .

Kurz nach halb zwölf traf ich ein. Es war ziemlich dunkel, und meine Augen mussten sich erst daran gewöhnen. An der Bar saßen ein paar Kerle, darunter auch einige, die durchaus meinen Geschmack trafen. Aber ich wollte es nicht überstürzen. Erst gemütlich mein Bier trinken und dann auf Beutezug gehen. So sah der Plan aus, aber wenn mich jemand ansprechen, oder mein Traummann vorbeikommen würde, ich wäre nicht abgeneigt, meinen Plan umzuwerfen. Man muss die Chancen nutzen, wenn sie sich ergeben.
Ich setzte mich an die Bar, orderte mein Bier und lauschte der seltsamen Musik, die durch das Darkness hallte. Eine typische Disko war es nicht. Von anderen Diskotheken in der Stadt war bekannt, dass des Öfteren mit Razzien zu rechnen war. Das Darkness blieb meist davon verschont. Obwohl man hier doch einiges hätte finden können.
Von der Tanzfläche wehte der Geruch von Poppers an meine Nase. Nicht unangenehm, und sehr erregend.
Bei Normalbetrieb konnte man von der Bar auf die Tanzfläche sehen, nicht aber zu Cruising-Zeiten. Dann verhängten Latextücher die Tanzfläche. Man hörte nur, sah aber nichts. Und natürlich roch man. Schweiß,

Poppers, Hasch, Dinge, die ich nicht zuordnen kann .
Ich trank mein Bier. Viel hatte sich in der letzten halben Stunde nicht geändert. Männer kamen aus dem Labyrinth oder gingen hinein. Alleine, zu zweit oder in Gruppen. Ich nickte den mir bekannten Gesichtern zu, wechselte aber mit niemandem ein Wort. Man war nicht zum Reden hier, man wollte ficken. Und die Nacht war kurz. Vor allem für diejenigen, die am nächsten Morgen arbeiten mussten.
Kurz nach Mitternacht spürte ich die Unruhe. Noch konnte ich es nicht erklären, aber die Männer an der Bar wurden nervös. Dann kam der Grund. Ein Traum von einem Mann. Groß, muskulös, dunkelhaarig – und suchend. Er strahlte etwas Animalisches aus, viel versprechend, wenn man nur auf's Ficken aus war. Die Blicke der anderen Kerle folgten ihm und ich sah ihm an, dass er sich dessen vollkommen bewusst war. Einigen Männern entrang sich ein geiles Stöhnen. Ich kannte den Neuankömmling. Mir fiel sein Name nicht mehr ein, aber er hatte einen gewissen Ruf. Er war kein richtiger Sadist, aber er hatte es gerne, wenn es brutal zur Sache ging. Einige seiner Partner waren sogar schon im Krankenhaus gelandet. Seltsamerweise hatten alle ihren Spaß gehabt. Er war gefährlich, aber doch verführerisch, und ich wollte ihn haben.
Sollte er mich doch benutzen. Wenn ich mir einen Bruch zuziehen sollte, wäre das ein Grund, länger der Arbeit fernbleiben zu können.
Ich verließ meinen Platz an der Bar und näherte mich ihm. Mein Blick fixierte ihn, und er bemerkte es.Seine Zunge berührte seine Lippen. Mein Lächeln wirkte verführerisch, aber mir war klar, dass es meine Augen waren, die Männer so anziehend fanden. Ein

südländischer Typ mit eisgrauen Augen. Selten. Das war ich. Kurz vor ihm holte ich ein Fläschchen Poppers aus meiner Jeans. Bevor ich es öffnen konnte, schlug er es mir aus der Hand. Es knallte auf den Boden, zerbrach und verströmte sofort den markanten Geruch des Amylnitrits. Mehr Gedanken konnte ich nicht an die Flasche verschwenden, brutal riss er mich an sich und penetrierte meinen Mund gewaltsam mit seiner Zunge. Mir wurde die Luft abgedrückt. Ein Stöhnen brachte all meine Gefühle zum Ausdruck: Angst, Entsetzen, aber auch Lust. Er war stärker als ich, und als ich halbherzig versuchte, mich seinem Griff zu entziehen, musste ich erkennen, dass dies zum Scheitern verurteilt war. Also ließ ich mich gehen, gab mich der animalischen Kraft des Mannes hin.

Frank, das war sein Name.

Seine Zunge erforschte meinen Mund, unterdrückte jede Gegenwehr meiner eigenen Zunge. Ich stöhnte vor Erregung. Sein Griff war brutal, und seine Zunge war nicht zärtlich, aber er zeigte mir die Grenzen meiner bisherigen Sexualität und trug mich weit darüber hinaus. Der umliegende Duft des Poppers tat sein Übriges. Ich glitt in eine Art Traum, einen Traum aus dem ich nicht erwachen wollte. Ich war bereit für jede Misshandlung, die Frank mir zufügen wollte. Ich spürte seine vergleichsweise sanften Bisse in meine Lippen. Ich merkte, dass wir uns bewegten, aber ich hatte die Augen geschlossen. Er würde schon wissen was er tat ... und wenn nicht ... es spielte keine Rolle ... nicht in diesem Moment. Ich zitterte, spürte, wie er mich auszog.

Ich öffnete die Augen erst, als ich keinerlei Berührung mehr von ihm spürte. Er stand vor mir und sah mich einfach nur an. Lächelnd und zufrieden. Ich lächelte zurück und zog sein T-Shirt über seinen Körper. Fast im selben Augenblick hatte ich seine Lederhose nach unten gezogen und er entstieg dem lästigen Teil. Er trug keine Unterwäsche. Steil ragte sein großer Riemen vor ihm auf. Er war groß und dick und beschnitten. Ich war zwar um einiges kleiner als er, aber mein Ständer konnte es mit seinem durchaus aufnehmen. Ich küsste sanft seine Lippen, fuhr dann über seinen Bart, seinen Hals, seinen rasierten Oberkörper, bis ich leicht an seinen ersteiften Nippeln knabbern konnte. Ich spürte sein Glied an meinem Bauch, mein eigenes an seinem. Er stöhnte leicht, nein, es war eher ein Knurren, leise, aber doch irritierend. Ich hielt inne, spürte kurz, dass es ihm ging wie mir, aber dann drückte er meinen Kopf fester an seine Brustwarze.

Plötzlich verlor Frank die Beherrschung. Brutal biss er mir in den Hals, knetete meinen Arsch und schlug mich. Mich erregte das. Wir tauchten ein in eine Welt des Stöhnens und des Knurrens, er konnte mit mir machen, was er wollte, ich wehrte mich nicht. Er drehte mich um, und ehe ich noch ein Wort der Gegenwehr von mir geben konnte, hatte er meine Arschbacken auseinander gezogen und mich penetriert, ohne vorher ein Gummi überzuziehen. Angst, vermischt mit Erregung, ließ mich aufschreien, aber dieser Schrei spornte ihn noch mehr an. Ich bebte, spürte den Schmerz, den mir sein Glied zufügte und geriet an den Rand der Besinnungslosigkeit. Leicht benebelt hörte ich ein zweites Knurren in unserer Nähe, aber in der Dunkelheit und dem Nebel aus der Maschine konnte ich nichts erkennen. Frank nahm mich wie ein wilder Stier, und ehe ich mich dagegen wehren konnte, spritzte mein Samen auf den Boden. Es war ein erlösendes Gefühl. Ich hörte Knochen brechen, dann

nichts mehr. Statt dessen konnte ich sehen, was mit mir geschah.
Frank hatte, während er mich wie ein Berserker fickte, selbst einen anderen Mann an sich rangelassen. Sein Rücken war mit Striemen überzogen, genauso wie meiner. Er knurrte und sein Partner ebenfalls. Nur ich, ich gab keinen Laut mehr von mir.
Frank zog seinen Penis aus mir und ließ mich einfach zu Boden fallen. Regungslos blieb ich dort liegen, unbeachtet von den beiden, die sich auf brutale Art und Weise schlugen. Der andere Mann hatte eine ähnliche Ausstrahlung wie Frank. Er zog sein Riesending aus ihm heraus.
»Nein, nicht hier, ein Toter genügt!«
Erst verstand ich nicht, was er meinte, dann sah ich meinen eigenen Körper. Jetzt wurde mir bewusst, dass ich alles aus einer anderen Perspektive heraus sah, nicht mehr als Beteiligter sondern als Beobachter. Mein Körper lag auf dem Boden, der Kopf in einer unmöglichen Haltung. Mein Genick war gebrochen . Den beiden Männern schien das nicht viel auszumachen. Sie setzten ihr Liebesspiel fort, ohne mich noch einmal zu beachten. Sie waren taub und blind für die Welt um sie herum.
Ein einsamer Besucher auf der Suche nach seiner Befriedigung kam auf uns zu. Er lächelte, nicht lange, dann sah er meinen Körper. Ohne ein Wort zu sagen, ging er wieder, dann hörte ich eine Stimme.
»Komm mit!«
Ich war verwirrt, sah mich um, wer mit mir sprach, aber außer dem jungen Mann, der sich gerade verzogen hatte, war niemand da.
»Treffen wir uns vor dem Darkness, hier wird gleich die

Hölle los sein!«
Neugierig ließ ich meinen Körper zurück. Frank und sein Gefährte merkten nichts von alledem. Bösartig knurrend hatten sie sich ihrer Leidenschaft hingegeben.

Vor dem Darkness traf ich den jungen Mann wieder. Er war von unscheinbarem Äußeren, und sein Gesichtsausdruck schreckte ab. Ich glaube nicht, dass er viele Freunde hatte und außerhalb des Labyrinths oder Darkrooms wohl kaum Sex.
»Komm mit!«, sagte er leise. Ich folgte ihm. In der Ferne war die Sirene des Krankenwagens zu hören.
»Was ist passiert?«, wollte ich wissen .
»Das erkläre ich dir gleich, wenn wir an einem anderen Ort sind«, war seine mystische Antwort.
»Was soll das? Schleppst du mich ab oder was?«
Er lachte.
»Ja, so könnte man es sagen. Aber wenn du Antworten willst, bleibt dir keine andere Wahl als mitzukommen. Wir sind gleich da.«
Ich schwieg. Natürlich war ich neugierig, aber auch verwirrt. Ich hatte das Gefühl gestorben zu sein, aber noch unter den Lebenden zu wandeln. Seltsam.
»Wie heißt du eigentlich?«, wollte der seltsame Kerl wissen.
»Lorenzo.«
»Ich bin Javier.«
»Franzose?«
Er nickte. »Wir sind da.«
Wir befanden uns in einer kleine Nebenstraße vor einer unscheinbaren Tür. Javier klingelte und eine Klappe in Augenhöhe wurde geöffnet. Grüne Augen waren zu sehen, dann wurde die Tür geöffnet.

Javier trat ein, ich folgte ihm. Der Türsteher war ein behaarter Muskelberg von eher ungepflegter Erscheinung. An ihm entdeckte ich die selbe Ausstrahlung wie an Frank, nur nicht ganz so verführerisch.
Wir befanden uns in einer seltsamen Lounge. Die Beleuchtung bestand fast nur aus Schwarzlicht, sah man von den Grablichtern an den Tischen ab. Es gab nicht sehr viele Tische. Sie bestanden aus schwarzem Glas, umgeben von Sesseln in schwarzem Leder. Uns gegenüber befand sich eine Bar, deren Theke aus schwarzem Stein war. Einzige Farbkleckse waren das Rot der Kerzen, der Aschenbecher und der Speisekarten. Vivaldis Vier Jahreszeiten klangen sanft im Hintergrund. Viele Gäste gab es nicht, und sie waren von sonderbarer Erscheinung. Passend zum Ambiente waren sie ebenfalls in Schwarz gekleidet. Drei Männer und eine Frau saßen an der Bar. Die Frau war Chinesin oder Japanerin. Alle drei waren sehr bleich. Hinter der Bar stand ein junger Mann, der uns interessierte Blicke zuwarf. Javier setzte sich an einen Tisch, der am weitesten von der Bar entfernt war. Ich setzte mich ihm gegenüber.
»Jetzt bin ich gespannt«, sagte ich nur.
Der Kellner brachte Javier eine Cola, dann verzog er sich wieder. Schweigend. Von mir hatte er keine Notiz genommen. Javier nahm einen Schluck aus seinem roten Glas, dann sah er mich an.
»Okay, fangen wir mit dem Offensichtlichen an. Lorenzo, du bist tot.«
»Lustig.« Es sollte sarkastisch klingen, aber ich erkannte die Wahrheit. Ich schwieg, und Javier begann mit seinen Erklärungen.
»Wenn ein Mensch stirbt, geht seine Seele in das Reich

der Toten. Oder so ähnlich, das kann ich dir auch nicht sagen. Es ist nicht üblich, dass Geister zurückbleiben. Manchmal aber, wenn jemand noch etwas dringendes erledigen muss, bleiben Geister zurück. Das können so banale Dinge sein wie seiner Frau zu sagen, dass man sie liebt, oder auch die Angst um das eigene Kind. Dann bleibt man als Schutzgeist zurück. Manchmal entstehen Geister, wenn ein Animator in der Nähe des Todesortes ist.«
»Was ist ein Animator?«
»Ein Animator ist ein Mensch, der sich die Toten zunutze machen kann.«
»Ein Nekromant also.«
»Ein unschönes Wort, aber es mag zutreffen. Wenn ich nicht im Darkness gewesen wäre ... dann würdest du jetzt endgültig tot sein.«
»Und jetzt?«
»Jetzt warten wir erst einmal ab ... noch hast du nicht wirklich verstanden, dass du tot bist.« Javier lächelte zaghaft. »Es kann sehr traumatisch für einen Geist sein, wenn er sein Bewusstsein erlangt. Aber das braucht dich nicht zu kümmern. Solange ich in der Nähe bin, passiert nicht viel.«
»Und ich werde jetzt immer ein Geist sein?«
Javier nickte.
»Wenn du nicht exorziert wirst, kannst du ewig leben. Allerdings körperlos.«
Kein schöner Gedanke. Das ewige Leben hatte ich mir anders vorgestellt. Mit Körper. Ich war noch neu in der Branche, aber vielleicht konnte mir ein Nekromant helfen.
»Kannst du mir nicht einen Körper besorgen?«, fragte ich Javier. Mit großen Augen sah er mich an.

»Nein.« Er zögerte mit der Antwort und ich versuchte ihm mehr zu entlocken: »Ich müsste jemanden töten, um dir einen Körper zu geben.«
»Aber die Friedhöfe und Leichenhallen sind voll davon.«
»Wenn ich all das machen würde, was du von mir verlangst, wäre ich bereits im Knast.«
Erneut wurde unser Gespräch unterbrochen. Ein junger Mann in braunem Cordanzug betrat die Lounge. Er grinste die Chinesin an und nickte auch Javier zu. Der Animator winkte den Mann zu uns.
»Das ist Chris. Chris, das ist Lorenzo.«
Der junge Mann lächelte und streckte mir tatsächlich die Hand hin.
»Du bist also der Tote aus dem Darkness.«
Ich sah ihn verblüfft an. Chris lachte und setzte sich an die Lehne meines Sessels.
»Die Polizei sucht die Mörder. Aber da kann sie lange suchen.«
»Moment...«, unterbrach ich ihn. »Das geht mir zu schnell. Wieso kannst du mich sehen, und...«
»Geister können Geister sehen«, meinte Chris schulterzuckend. »Das sind Dinge, die du noch lernen wirst. Es ist ja noch alles neu für dich.«
Ich sah Javier überrascht an. Der Animator schien meine Gedanken zu erahnen und antwortete, bevor ich meine Frage stellen konnte: »Chris ist das Opfer eines eifersüchtigen Animators geworden. Er wurde getötet und in seinem Körper reanimiert. Die Möglichkeit hatte ich im Darkness nicht.«
»Was wolltest du eigentlich im Darkness?«, unterbrach Chris erstaunt.
»Entschuldige, dass ich auch meine Bedürfnisse befriedigen will«, fauchte Javier zurück und Chris

wechselte das Thema: »Wenn ich das richtig verstehe, willst du einen neuen Körper.«
Ich nickte. »Aber Javier will mir keinen besorgen.«
Chris grinste, während Javier auf den Boden sah.
»Es gibt solche Animatoren und solche. Unser kleiner Franzose gehört leider zu den Gesetzestreuen. Er würde niemals an einer Leiche herumspielen oder einen Mord begehen.«
»Aber du kennst auch andere?«, fragte ich zaghaft, aber er schüttelte nur den Kopf.
»Meinen Ex habe ich umgebracht und meines Wissens ist Javier der einzige Animator in der Stadt, oder?«
Der Angesprochene nickte bestätigend. »Wir sind nicht so viele. Das Sprechen mit den Toten ist eine seltene Gabe. Und es gibt schwache Animatoren.«
»Aber es gibt eine Möglichkeit«, meinte Chris aufmunternd. »Javier muss nur einverstanden sein.«
»Ich höre mir deinen Vorschlag an, und dann entscheide ich.«
Und Chris erzählte uns von seinem Plan. Natürlich war Javier dagegen, aber nachdem Chris und ich ihn überreden konnten, stand der Durchführung nicht mehr viel im Wege. Nur mein Mörder musste gefunden werden. Das sollte Bär, der Türsteher, übernehmen.

Zwei Wochen vergingen. Zwei Tage nach meinem Tod hatte ich das »Bewusstsein erlangt« wie es Javier nannte. Ich denke nur ungern zurück: Es ist ein wirklich traumatisches Erlebnis wenn man seinen eigenen Tod und die Weiterexistenz zu begreifen versucht. Ich finde auch nicht die passenden Worte, um es richtig zu beschreiben. Aber es war gut, Javier in der Nähe zu haben. Der Animator hatte mir angeboten, in seiner

Wohnung zu leben solange ich keinen Körper hatte. Ich hätte überall sein können, aber ich nahm das Angebot dankbar an. So hatte ich wenigstens einen Gesprächspartner.
Bär hatte meine Mörder ausfindig gemacht. Für ihn war das nicht schwer. Er war ein Werwolf und meine Mörder auch. Bär hatte mit den beiden gesprochen, und auch wenn sie keine Reue für meinen Tod zeigten, waren sie einverstanden mit Chris' Plan.
Und so gingen wir an einem Sonntag erneut ins Labyrinth: Bär, Wolf und Dark, die Werwölfe, Javier, der Animator, Chris, der Untote mit seinem Freund, einem eingeweihten Menschen, und ich, der Geist.
Der Vorteil, ein körperloser Geist zu sein ist, dass man nie Eintritt zahlen muss. Wäre mir das vorher aufgefallen, wäre ich öfter ins Kino gegangen. Das war jetzt egal.
Kurz vor Mitternacht. Das Labyrinth hatte kein Motto, aber ich konnte keinen Unterschied zum Goatee-Thema finden. Dieselben Typen waren anwesend, hin und wieder traf man auch auf bisher unbekannte Gesichter. Unsere Gruppe zog die Blicke auf sich. Javier hielt sich etwas abseits. Martin und Chris tuschelten miteinander, aber ich verstand nicht, was sie sprachen. Ich sah die suchenden Blicke der Wölfe. Sie knurrten, wie am Tag meines Todes. Damals war Frank anders, jetzt aber hatte er sich als Dark ganz seinem Wolfsdasein verschrieben. Seine animalische Ausstrahlung hatte zugenommen. Die drei Werwölfe zogen die Blicke auf sich, es würde ein leichtes sein einen passenden Körper für mich zu finden. Wenn ich nicht so wählerisch wäre. Es war schlimmer als beim Shopping.
Schließlich aber hatte ich meine Wahl getroffen.

Das Objekt meiner Begierde war groß, schlank und muskulös, ein südländischer Typ, vielleicht sogar Italiener. Er war einer der typischen Glatzen/Bart-Träger, die die Szene unsicher machten, aber das ist der Typ, auf den ich stehe. Und warum sollte ich nicht so aussehen? Altersmäßig schätzte ich ihn irgendwo zwischen 30 und 40 ein. Ich hätte etwas jüngeres nehmen können, Frischfleisch, aber das widerstrebte mir. Ich wollte ein Kerl sein, kein Bübchen. Ein zarter Twen würde die Behandlung der Wölfe vielleicht gar nicht überstehen. Es würde sehr brutal werden. Das Opfer sollte abgelenkt sein, sich ganz der »Vergewaltigung« hingeben, dann wäre es leichter für Javier und mich.
Ich gab Javier ein Zeichen, das an Chris und die Wölfe weitergegeben wurde. Wolf und Dark hatten verstanden und begannen mit ihrer Jagd. Martin zog sich lächelnd in einen hinteren Teil der Bar zurück, aber ich war mir sicher, er würde alles beobachten, sofern es ihm möglich war .
Die beiden Wölfe setzen sich in die Nähe meines Opfers. Es bemerkte zunächst nichts. Ich hätte den beiden nicht soviel Talent an Subtilität zugetraut, aber so fing alles an. Und schnell war der Mann in unseren Fängen. Dark und er wechselten des öfteren Blicke. Das Interesse des Mannes war deutlich zu spüren. Er hatte ein gieriges Blitzen in den Augen, die Mundwinkel leicht nach unten verzogen, und seine Hose sprach Bände. Gut ausgestattet war er ja. Dark lächelte gefährlich, dann stand er auf, um sich in den Irrungen des Labyrinths zu verlieren. Wie nicht anders zu erwarten folgte der Südländer. Wolf ließ einige Zeit verstreichen, dann verschwand auch er, ebenso wie Javier. Ich hielt mich in der Nähe meines Opfers.

Dark hatte einen Ort gefunden, der etwas abseits des allgemeinen Getümmels lag, direkt neben dem Notausgang. Das Hinweisschild bot die einzige Beleuchtung.
Er lehnte an der Wand und knetete über seinen Schritt. Sein riesiges Glied zeichnete sich gut durch den Stoff der Jeans ab. Mein Opfer schlenderte wie zufällig vorbei. Die beiden Männer lächelten sich an. Als der Kerl an Dark vorbeiging, um ihm zwischen die Beine zu greifen griff der Werwolf zu, presste den Körper des Überraschten an sich und schob ihm brutal die Zunge in den Rachen. Ein erstauntes, gleichzeitig erregendes Stöhnen war zu hören. Und das Knurren des Wolfes. Die beiden Männer rieben ihre Körper aneinander und begannen sich, fast wie Hunde, das Gesicht zu belecken. Dabei gingen sie nicht gerade zimperlich miteinander um. Dark versuchte seinen Partner vor sich in die Knie zu drücken, aber das war nicht so einfach, da er auf Gegenwehr stieß. Er musste darauf achten, nicht selbst am Boden zu knien. Er ging als Sieger hervor und drückte den Kopf des Verlierers gegen seinen Schritt. Langsam öffnete er den Reißverschluss seiner Jeans und sein großer Penis schoss erwartungsvoll hervor. Der Südländer zog sein Hemd aus. Was für ein Oberkörper, voller Muskeln und stark behaart. Dark schob seinen Riemen so tief in den Rachen des Kerls, dass ich schon die Befürchtung hatte, er würde daran ersticken. Aber ich hatte mich getäuscht, das Riesending verschwand bis zur Wurzel. Mein Opfer hatte Gefallen daran. Während er gierig an Darks Schwanz saugte, und dabei auch die Eier nicht vernachlässigte, befreite er sein eigenes Glied aus der Hose. Nur halbherzig schenkte er ihm seine Aufmerksamkeit. Plötzlich wurde sein Kopf brutal nach hinten gerissen

und ein anderes Riesending verschwand in seinem Rachen. Er war genauso überrascht wie ich, aber es war ihm egal welcher Prügel in seinem Mund verschwand. Und er schien viel schlucken zu können. Wolf und Dark hatten leichtes Spiel mit ihm. An seinem Gestöhne und dem Knurren der Wölfe war leicht zu erkennen, dass alle Spaß bei der Sache hatten. Es war ein Akt von Sekunden und die Kleider lagen achtlos in der Gegend verteilt. Ein fließender Dreier hatte sich gebildet, jeder war mit Blasen dran. Es wurde geblasen und geküsst, teilweise sogar gebissen. Ich hatte den Eindruck Dark und Wolf würden sich gegenseitig fressen. Ich entdeckte langsam verheilende Striemen an Darks Rücken, verursacht durch die Klauen Wolfs. Aber ich wollte mich nicht näher mit dem Sexualleben der Werwölfe auseinandersetzen. Ich musste auf den passenden Augenblick warten. Wolf zeigte wahre Stärke als er den Südländer mit dem Rücken zu sich riss. Es sah einfach aus, als ob sein Gegner ein Schwächling wäre. Er biss in das Ohrläppchen, dann drückte er mit einem geübten Nackengriff den Oberkörper seines Opfers nach unten. Darks Schwanz fing ihn auf. Mit einem energischen, und etwas zu laut geratenen Knurren durchstieß Wolf die Rosette des Südländers. Er wurde gegen Dark gedrückt. Er versuchte sich zu wehren, aber vergebens. Die beiden Werwölfe wirkten wie ein Schraubstock. Es gab kein Entkommen. Mein Objekt der Begierde erwies sich als gute Wahl, so brutal Wolf auch rammelte, er hielt es aus. Anders als ich, dem sofort das Genick gebrochen war.

»Ich fange an!«, hörte ich Javiers Stimme. Die nachfolgenden Worte verstand ich nicht, sie klangen seltsam, als ob kein lebender Mensch diese Sprache sprechen würde. Es waren Worte der Macht, das erkannte

ich. Instinktiv versuchte ich mich gegen sie zu wehren, da etwas von mir Besitz ergreifen wollte. Auch als Geist war ich ein Schwächling, musste geschehen lassen, was geschehen musste. Meine Wahrnehmung verschwand, vielleicht für ein paar Sekunden, dann spürte ich einen leichten Schmerz in meinem Hintern und etwas dickes in meinem Mund. Ich war bewegungsunfähig. Und nicht alleine. Ich bemerkte noch eine andere Anwesenheit. Eine kraftvolle Persönlichkeit, Alessandro. Er war ebenso hilflos den Werwölfen gegenüber, aber mich konnte er vertreiben. Das glaubte er. Dunkelheit umfing mich, aber ich spürte eindeutig Alessandros Anwesenheit und seine Erinnerungen. Ich merkte sein Entsetzen über das, was mit ihm geschah. Er wurde schwächer. Ich kann nicht sagen, dass es ein echter Kampf war, mehr ein Austausch von Erinnerungen, dann war Alessandro fort. Und mit ihm die Dunkelheit. Ich spürte gerade noch wie sich Darks salziger Samen in meiner Mundhöhle ergoss, dann wurde ich herumgerissen und hatte Wolfs Riemen im Mund. Ein heftiges Zucken und auch er spritzte tief in meinen Rachen. Ich röchelte und schluckte reflexartig. Die beiden Wölfe ließen von mir ab und ich fiel zu Boden. Dann ließen sie ein siegessicheres Geheul ertönen. Schlagartig war Ruhe ins Darkness eingekehrt. Nachdem sich das Wolfsgeheul nicht wiederholte, setzte die Musik wieder ein und es wurde mit den unterschiedlichsten Tätigkeiten fortgefahren, als wäre nichts passiert.
Es dauerte etwas bis ich richtig zur Besinnung kam. Die beiden Werwölfe lehnten an der Wand und beobachteten mich. Etwas weiter hinten sah ich Chris und Martin. Die beiden waren nicht untätig gewesen. Sie waren nackt und Sperma trocknete auf Martins Brust. Javier war der

einzige, der sich von der Vergewaltigung der Wölfe nicht hatte anstecken lassen. Er kam auf mich zu und half mir auf.
»Wie geht es dir?«
»Etwas seltsam, aber es wird schon gehen. Was ist mit Alessandro passiert?«
»Hieß er so? Ich weiß es nicht. Das ist eines der Geheimnisse, die keinem Animator bekannt sind.«
Javier lächelte verlegen. Die Wölfe, Chris und Martin zogen sich an.
»Du wirst jetzt Alessandro sein. Lorenzo ist tot.«
Dark kam auf mich zu.
»Hat es dir gefallen?«
Er grinste mich wölfisch an. Wolf schlug ihm brutal auf den Hinterkopf, aber das schien keine Wirkung zu erzielen.
»Das Zuschauen war sehr erregend«, meinte ich zögernd.
Die Wölfe brachen in schallendes Gelächter aus. Verwirrt sah ich sie an. Chris war es, der lächelnd meine unausgesprochene Frage beantwortete.
»Dir scheint noch viel mehr gefallen zu haben.«
Er berührte sanft mein erschlafftes Glied. Es war feucht, und mein Sperma trocknete bereits. Das war mir vorher nicht aufgefallen. Toll, da hat man eine Ejakulation und kriegt nichts mit.
»Und jetzt?«, fragte ich in die Runde, während wir uns anzogen.
»Jetzt«, meinte Chris, »Gehen wir ins Incubus und feiern deinen neuen Körper.«
Das taten wir dann auch.

Der Panther

»Das musst du dir unbedingt anschauen, das ist total krank«, sagte Norbert als er Adrian die Videokassette gab. Die beiden hatten sich zum gemütlichen Ratschen im Café Blu verabredet. Als Adrian eine Viertelstunde zu spät kam, war Norbert das reinste Nervenbündel. Er schien vor Neuigkeiten zu platzen. Nachdem sich Adrian einen Kaffee und ein Glas Wasser bestellt hatte, sprudelte es auch schon aus Norbert heraus. Adrian verstand nicht, was sein bester Freund meinte.
»Was ist an dieser Kassette so toll?«, fragte er.
»Der Film, natürlich. Was denkst du denn?«, antwortete Norbert ungeduldig.
Adrian grinste. »Entschuldige meine Unwissenheit, aber im Moment komme ich mir doch etwas überfahren vor.«
»Du musst dir nur den Film ansehen, dann verstehst du mich.«
»Klar«, frotzelte Adrian. »Wir treffen uns, du gibst mir eine geheimnisvolle Kassette, und ich soll wieder gehen, um sie mir anzusehen? Wenigstens einen Tipp könntest du mir geben.«
Verschwörerisch beugte sich Norbert zu Adrian. »Es ist ein Porno.«
»Wie aufregend.« Adrians Interesse verflog augenblicklich. »Was kann an einem Porno so interessant sein?«
»Schau ihn dir an, und du wirst es wissen.«
»Tolles Orakel, sehen die Kerle wenigstens geil aus?«
»Ähhh.«
Adrian hatte es tatsächlich geschafft, Norbert in Verlegenheit zu bringen.

»Das weiß ich gar nicht.«
»Wie, du weißt das nicht?«
»Na ja...«, druckste Norbert herum. »Schau dir den Film an, dann wirst du es verstehen.« »Jetzt machst du mich doch neugierig.«
Tatsächlich war Adrian so gespannt, dass er gleich nachdem er seinen Kaffee getrunken hatte, nach Hause eilte. Norbert lächelte verständnisvoll und wünschte ihm noch viel Spaß.

Zuhause schob Adrian die Kassette sofort in den Videorecorder. Die Kassette selbst war nichts Außergewöhnliches, schwarz und von keiner ihm bekannten Marke. Es war auch keine käuflich zu erwerbende.
Er setzte sich auf sein Bett und wartete gespannt auf die Dinge, die da kommen würden, und die Norbert so fasziniert hatten.
Am Anfang des Bandes war nur Schwärze. Einige Minuten lang tat sich gar nichts und Adrian dachte schon, dass sich Norbert einen Scherz mit ihm erlaubt hatte und er nur ein Band mit schwarzem Inhalt ansehen würde. Doch nach einiger Zeit änderte sich das Bild. Es wurde weiß und dann erschienen die roten Worte vom Typ Courier: Pardus (Panthera pardus).
Wie dilettantisch, dachte Adrian, wartete aber weiter ab. Seine Geduld wurde belohnt. 10 Minuten nachdem er die Kassette in den Recorder geschoben hatte, begann der Film.
Die erste Szene zeigte ein großes Bett in einem Zimmer, das sonst nur noch einen Schreibtisch hatte. Auf weitere Möbel war verzichtet worden. Auch ein Fenster fehlte.
Wie Adrian nicht anders erwartet hatte, war die Qualität

des Films nicht die Beste. Das Bild war sehr grobkörnig, und man hatte das Gefühl, im Hintergrund den Kameramann atmen zu hören.
Die Tür ging auf, zwei Männer um die 30 betraten das Zimmer, knutschend. Adrian gestand sich ein, dass ihm die beiden durchaus gefielen. Beide waren sie dunkle Typen, kurze schwarze Haare, kein Bart. Natürlich waren sie muskulös, und viel Text mussten sie auch nicht sagen. Sie knutschten nur herum und näherten sich langsam dem Bett. Dort ließen sie sich fallen und tollten ein bisschen herum. Keiner behielt lange die Oberhand. Sie zogen ihre T-Shirts aus. Der größere von beiden wies etwas Haarwuchs auf, der kleinere war haarlos. Rasiert, vermutete Adrian, aber er dachte kaum über die Hintergründe des Films nach. Mochte er noch so dilettantisch gemacht sein, Adrians Erregung wuchs, je länger der Film lief. Er zog seine Jeans aus, ohne den Blick vom Bildschirm zu wenden. Sein dicker, beschnittener Prügel stand kerzengerade nach oben, sobald er den Raum zur Entfaltung hatte. Der Slip wurde einfach zur Seite gedrückt. Adrian sah auf seinen Körper. Er war etwas mager, das musste er zugeben, und so wirkte er wie eine Karikatur eines schwanzfixierten Mannes. Tatsächlich war dieses Teil auch das größte an ihm. Früher war er dem Spott seiner Klassenkameraden ausgeliefert gewesen, auch wenn damals viel Neid dahinter steckte. Es hatte gedauert bis Adrian seine Komplexe einigermaßen abgelegt hatte. Jetzt, mit fast 30, war er stolz auf sein Ding. Nur manchmal wünschte er, es wäre kleiner, damit die Männer, die er fickte, weniger Schmerzen empfanden. Im Moment spielte das keine Rolle, jetzt war er alleine, und er wollte Spaß haben .
Die Männer im Film waren bereits nackt, als er ihnen

wieder seine Aufmerksamkeit zuwandte. Achtlos lag die Kleidung am Boden. Sie knutschten immer noch, oder schon wieder, da war sich Adrian nicht sicher, nur diesmal drückten sie ihre Schwänze aneinander. Und beide waren nicht von schlechten Eltern. Nicht gar so groß und dick wie der von Adrian waren ihre Glieder trotzdem nicht zu verachten. Bisher schenkten sie ihnen aber keine Beachtung. Sie küssten sich und rollten über das Bett. Mit ihren Händen streichelten sie den Körper des anderen, ganz sanft. Auch Adrian begann langsam, seinen Körper zu streicheln. Er befeuchtete seine Finger und zupfte leicht an seinen erregten Brustwarzen. Dann zog er sich das T-Shirt über den Kopf. Der größere der beiden Darsteller leckte inzwischen die Brustwarzen seines Partners und streichelte eher zögerlich seinen Schwanz. Adrian war schon gespannt, wer wen fickte. Auch sein Prügel wartete voller Vorfreude. Langsam rannen Lusttropfen den Schaft herunter, gaben Adrians sich langsam bewegender Hand etwas Feuchtigkeit. Ein leises Stöhnen entrang seiner Kehle. Lasziv glitt seine Zungenspitze über die Lippen, während er fasziniert dem Treiben auf dem Bildschirm zusah. Schließlich war ersichtlich, dass der größere und kräftigere der Top war. Woher er das Kondom hatte, war Nebensache, das tauchte in Pornos immer irgendwie auf, wenn sie nicht aus den 70ern oder Bareback-Filme waren. Der Bottom lag auf dem Rücken, die Beine gespreizt. Der Top schob sich dazwischen und stieß mit seinem Glied in das Loch seines Partners. Die beiden stöhnten lustvoll, aber Adrian konnte nicht anders und grinste. Die Gesichtsmimik und die übertriebene Gestik waren einfach nur peinlich. Im Moment war es ihm egal, seine eigene Geilheit ließ ihn nur das Wesentliche sehen, zwei fickende Kerle, egal wie

sie sich auch dabei anstellen mochten. Sie waren dem Orgasmus nahe und auch Adrian war kurz vor dem Abspritzen als eine große schwarze Katze auf das Bett sprang. Erschrocken zuckte Adrian zusammen. Was sollte das? Irritiert sah er auf den Bildschirm. Die beiden Männer ließen sich durch die Anwesenheit des Panthers nicht stören, sie machten einfach weiter. Fast berührte das Tier die Haut der Männer.
Adrian zog die Stirn in Falten.
Hoffentlich ist das kein Tierporno, dachte er. Darauf hatte er wirklich keine Lust. Strafbar war das auch noch. Aber Norbert hatte den Film als krank bezeichnet, und bevor die Katze aufgetaucht war, hatte sich nichts Außergewöhnliches ereignet. Adrian konnte sich nicht vorstellen, dass es einer der beiden Männer dem Raubtier besorgen würde. Es sah nicht so aus als ob es unter Beruhigungsmitteln stand, und ob es zulassen würde, dass jemand seinen Ständer in seinen Hintern stecken würde. Oder wohin auch immer, Adrian war sich nicht sicher, welches Geschlecht die Katze besaß. Es gab nur eines, das sich nicht leugnen ließ. Die Szene erregte ihn. Sein Schwanz war immer noch bis zum Platzen gespannt. Adrian war sich sicher, er würde abspritzen, wenn jemand das Tier auch nur berührte. Es war aber auch ein schönes Exemplar. Die beiden Männer waren uninteressant geworden, Adrian hatte nur noch Augen für den Panther. Glänzendes, schwarzes Fell, strahlend blaue Augen, ein kräftiges Gebiss. Das Tier strotzte nur so vor Gesundheit. Und es war ein Männchen, das war deutlich zu sehen, denn der Penis der Katze stand leicht von seinem Körper ab. Fasziniert und zugleich angeekelt starrte Adrian auf den Bildschirm. Er konnte sich dem Absonderlichen nicht entziehen, konnte aber auch nicht

von seinem eigenen Körper lassen. Langsam näherte sich die Katze dem Top von hinten und sprang ihn sanft an.
Und Adrian ergoss sich auf den Bildschirm.
»Shit!«, schrie er. »Oh mein Gott!«
Sein Samen klatschte auf das Fernsehgerät und rann in langsam fließenden Bächlein den Bildschirm herunter. Adrian konnte es nicht verhindern zu erröten. Wie gut, dass ihn niemand beobachtete. Und dabei war er über sich selbst am meisten geschockt. Wie hatte er ein Tier nur so erregend, so geil finden können? Selbst jetzt, nach seinem Erguss und einem sich klärenden Kopf wurde ihm nicht übel. Seine Neugierde ließ ihn erneut auf den Film schauen. Und was er sah, verwirrte ihn vollends. Der Panther hatte sich auf den Mann geschoben, doch dieser störte sich nicht daran. Er fickte seinen Partner weiter. Und dann veränderte das Tier sich. Die Haare gingen zurück, es bildeten sich menschliche Arme und Beine. Innerhalb einer Minute war aus dem Tier ein Mann geworden. Und ein stattlicher noch dazu! Er war muskulös, seine Schulterblätter waren kräftig entwickelt, dennoch wirkte er so grazil und elegant wie die Katze zuvor. Er leckte den Nacken des Mannes, auf dem er lag, streichelte dessen Leisten und schob ihm seinen langen, dünnen Penis in den Arsch.
Adrian drückte auf den Pausenknopf.
Was geht hier ab?, dachte er. Der Film wirkte so billig und wies dann doch einen Special Effect auf, wie ihn die wenigsten Hollywoodfilme zustande brachten. Zumindest, wenn es um Werwölfe ging, und Adrian es beurteilen konnte. Es wirkte unglaublich real. Andererseits konnte es das gar nicht sein.
Adrian starrte den Mann durch die Schlieren seines trocknenden Spermas an. War das Realität oder ein

Trick? Und wenn es ein Trick war, welchen Zweck verfolgte er? Warum erst den Panther zeigen, wenn es doch nur ein Mann war.
Adrian war irritiert und fasziniert zugleich. Er konnte das Gesehene nicht wirklich verarbeiten, und dann auch noch diese Faszination für den Panther. Und der Mann, der vorher die Katze gewesen war, sah auch nicht übel aus. Adrian hätte mit einem Schwarzen gerechnet, doch das war nicht der Fall, viel mehr war der Katzenmann ein Latino. Dunkle Haut, dunkles Haar und strahlend blaue Augen. Wie die Katze zuvor.
Adrian griff zum Telefon und wählte Norberts Nummer.
»Hallo Norbert!«
»Hast du den Film gesehen?«
»Ja.«
»Und? Wie findest du ihn?«
»Ich bin mir nicht sicher«, gestand Adrian zögerlich. »Woher hast du ihn?«
»Ein Bekannter arbeitet bei einer Pornofirma. Er hat das Band im Mülleimer gefunden und nur aus Neugierde reingeschaut. Ist doch echt krank, oder?«
»Stimmt«, gab Adrian seinem Freund Recht. »Glaubst du, das ist echt?«
»Kann ich mir nicht vorstellen, obwohl die Spezialeffekte nicht zum Rest des Films passen.«
»Stimmt. Aber ich weiß trotzdem nicht, was ich davon halten soll.«
Adrian zögerte. Sollte er Norbert von seinen Gefühlen erzählen, die er dem Panther gegenüber empfand? Er entschied sich dagegen.
»Brauchst du das Band noch?«, fragte er statt dessen.
»Nein«, antwortete Norbert. »Ich habe noch eine Kopie, wer weiß, wer sich das kranke Zeugs noch anschauen

will. Du kannst dein Teil gerne wegschmeißen oder es verbrennen. Mir ist egal, was du damit machst.«
»Okay. Wir sehen uns morgen!«
» Ja. War das alles?«
»Ich wollte nur über den Film reden, ich bin noch etwas verwirrt«, gestand Adrian. Er hörte Norbert lachen.
»Kann ich verstehen. Vielleicht hast du dich morgen wieder beruhigt. Dann können wir über das Band reden.«
Die beiden verabschiedeten sich, und das Gespräch war beendet. Adrian sah erneut auf den Bildschirm. Die drei Akteure waren in Starre verfallen.
Er schaltete das Gerät aus. Ein Blick auf die Uhr sagte ihm, dass er langsam ins Bett gehen musste, wenn er morgen nicht übermüdet zur Arbeit gehen wollte.

Aber selbst im Traum verfolgte ihn der Film, oder besser gesagt, der Panther.
Adrian lag auf seinem Bett, nackt. Dünne Satinbettwäsche verbarg seinen athletischen Körper. Er hatte die Augen geschlossen, schlief aber nicht. Eine seiner Hände lag an seinem Schwanz, der unter der Decke eine Erhebung bildete. Was sich darunter abspielte war nur zu erahnen. Aus dem Nichts tauchte plötzlich die elegante schwarze Katze auf und sprang aufs Bett. Adrian öffnete seine Augen und grinste das Tier an. Der Panther verwandelte sich langsam in einen jungen Mann. Die beiden küssten sich. Auch der ehemalige Panther hatte einen Ständer. Mit einer beiläufigen Handbewegung warf er die Satindecke aus dem Bett. Während er sich wilden Zungenspielen hingab, berührte er Adrians Schwanz. Er setzte sich auf und strich mit seinem freien Zeigefinger zärtlich über Adrians Lippen.
»Ich liebe dich, und es gibt nichts, was uns trennen

könnte.«
Der Wecker läutete penetrant und Adrian erwachte zeitgleich mit seinem Orgasmus. Etwas verwirrt sah er sich um. Das Zimmer aus seinem Traum war verschwunden, ebenso die Satinbettwäsche und der Panther. Was hatte er auch erwartet? Enttäuscht stand er auf, wischte sich seinen Samen mit einem Taschentuch ab und bereitete sich auf einen langweiligen Büroalltag vor .

Am Abend war er mit Norbert verabredet. Wieder im Cafè Blu. Adrian verließ seine Wohnung um halb acht. Er würde etwas früher kommen, aber das war ihm egal. Er hatte sich den Film zwar nicht wieder angeschaut, aber die Szene ging ihm nicht aus dem Kopf. Den ganzen Tag war er unkonzentriert und abwesend gewesen. Zu seinem Glück war nicht viel los, so dass sein Chef von seinem Gemütszustand kaum etwas mitbekam. Ständig musste er an den Panther denken, an den Mann, an den Panther.
Gemütlich schlenderte er durch die Straßen, als er zufällig einen Mann sah, der ihm bekannt vorkam. Einer der Darsteller aus dem Film. War das nur sein Wunschdenken oder ging er tatsächlich ein paar Meter vor ihm? Adrian beschloss, dem Mann zu folgen. Norbert konnte warten. Zur Sicherheit schrieb er noch schnell eine SMS. Lange dauerte die Verfolgung nicht. Er bog in eine Seitengasse und verschwand hinter einer unscheinbaren Tür.
Roxy Productions stand kaum lesbar darüber. Der Name sagte ihm nichts. Die Tür war verschlossen und klingeln wollte er nicht. Was hätte er auch sagen sollen? Dass er einem Mann gefolgt war, den er in einem seltsamen

Porno gesehen hatte?
Adrian kehrte um und ging ins Café Blu. Er war fast pünktlich, nur Norbert fehlte. Er setzte sich an einen Tisch für zwei Personen und wartete. Der Kellner kam und brachte Adrian die Karte. Adrian lächelte den jungen Mann an und grinste, als er dessen grün gefärbte Haare sah.
»Hat das einen besonderen Grund?«, fragte er. Der Kellner grinste zurück.
»Nö. Es war eine spontane Entscheidung. Was darf ich dir bringen?«
»Ein großes Wasser.«
Der Kellner ging und Norbert kam.
»Wolltest du nicht später kommen?«, fragte er erstaunt.
Adrian nickte. »Das hat sich erledigt.«
»Was war es denn?«
Und Adrian erzählte von seiner Begegnung. Zwischendurch kam der Kellner, brachte das Wasser und Norbert bestellte ein Weißbier, das eine kurze Zeit später kam.
»Von *Roxy Productions* habe ich schon mal gehört. Das ist eine Pornofirma, die sich auf schwule Filme spezialisiert hat.«
»So was wie Cazzo?«, fragte Adrian und Norbert nickte.
»Es sind nur andere Männer.«
»War der Film mit dem Panther von *Roxy Productions*?«
»Kann ich mir nicht vorstellen. Ich kann mir nicht vorstellen, dass jemand einen Film mit einem Tier macht, das ist doch verboten. Und richtig professionell wirkt es nicht.«
»Sieht man vom Spezialeffekt ab«, meinte Adrian und Norbert nickte zustimmend. Adrian war sich aber nicht sicher, ob der Panther nicht doch echt war. Diesen

Gedanken wagte er jedoch nicht vor Norbert zu äußern.
»Der Freund, der dir das Band gegeben hat«, sagte Adrian schließlich. »Arbeitet nicht bei *Roxy Productions*, oder?«
Norbert schüttelte den Kopf. »Roxy ist nicht die einzige Pornofirma in der Gegend. Aber warum fragst du?«
»Glaubst du, es lässt sich herausfinden, wer die Darsteller waren?«
»Ich denke schon, die Welt ist ja so klein. Aber warum willst du das wissen?«
Adrian versuchte ein besonders debiles Gesicht aufzusetzen.
»Nennen wir es persönliches Interesse.«
Norbert lachte so laut, dass die anderen Gäste und der grünhaarige Kellner irritiert zu ihm herübersahen. Weder er noch Adrian ließen sich davon stören. Die beiden Freunde wechselten das Thema, über den Panther und den Film wurde nicht mehr gesprochen, aber Norbert versprach, seinen Freund mit den Erkundigungen zu beauftragen, und die Ergebnisse Adrian mitzuteilen.
Kurz vor Mitternacht verließen die beiden das Café. Norbert wohnte in einer anderen Richtung als Adrian, und man umarmte und trennte sich. Ob beabsichtigt oder unbewusst konnte er nicht mehr sagen, aber Adrians Schritte hatten ihn erneut vor den Eingang der *Roxy Productions* geführt. Unschlüssig stand er vor der Tür, bis er Geräusche auf der anderen Seite hörte. Schnell versteckte er sich zwischen zwei Mülltonnen. Die Tür der Pornofirma öffnete sich und ein Mann trat heraus. Für einen kurzen Augenblick vergaß Adrian das Atmen. Es war der Panther, beziehungsweise der Darsteller, in den sich die Katze verwandelt hatte. Oder was auch immer. Jetzt bot sich eine Gelegenheit, mit dem Mann zu reden,

Adrian hätte nur sein Versteck verlassen müssen. Aber er traute sich nicht. Was hätte er auch sagen sollen? Bevor der Mann sich jedoch seinem Blick entziehen konnte, folgte er ihm. Unauffällig, was sich als nicht sehr leicht herausstellte, da die Straßen fast leer waren. Jedenfalls die Straßen, durch die sie gingen.
Schließlich blieb der Mann vor einer weiteren unauffälligen Tür stehen. Adrian war nur wenige Meter hinter ihm. Der Mann klingelte, die Tür öffnete sich und er trat ein.
Nachdem sich die Tür wieder geschlossen hatte, traute sich Adrian näher zu kommen. Von außen war nicht ersichtlich, was sich dahinter verbarg. Etwa in Augenhöhe befand sich eine Klappe, die von der anderen Seite beiseite geschoben werden konnte. Sollte Adrian es wagen zu klingeln? Er traute sich nicht. Wer konnte schon sagen, was sich dahinter verbarg? Vielleicht würde man ihn auch gar nicht einlassen. Adrian ging die Straße auf und ab, suchte nach einer Lösung, einem Plan. Schließlich hatte er einen Entschluss gefasst. Er würde warten, bis der Mann wieder herauskam. Er war ihm jetzt so nahe, er musste ihn einfach ansprechen. Und er hatte Zeit, sich seine Worte zu überlegen. Wenn es nicht klappen würde, musste ja niemand von seinem schwachsinnigen Plan erfahren. Wer wartete schon mitten in der Nacht auf eine unbekannte Person?
Adrian setzte sich an den gegenüberliegenden Straßenrand und wartete. In der nächsten Stunde kamen vereinzelt Männer, die ebenfalls hinter der Tür verschwanden. Wenn sich die Tür öffnete, um Leute herauszulassen, waren es meist Paare. Aber keinem von ihnen würde Adrian begegnen wollen, nicht einmal bei Tageslicht. Oft haftete ihnen etwas Unerklärliches, etwas

Unheimliches an, aber was sich dahinter verbarg konnte Adrian nicht erklären. Er verzog sich etwas weiter von der Tür weg, so dass er sie noch im Auge behalten, er selbst aber nicht gesehen werden konnte. Seine Geduld wurde belohnt. Eineinhalb Stunden nachdem der Mann hinter der Tür verschwunden war, trat er wieder auf die Straße. Alleine.

Adrian rannte auf ihn zu.

»Warte!«, rief er, und kam sich gleichzeitig sehr dämlich vor. Die Röte stieg ihm ins Gesicht und ihm wurde heiß.

Der Mann sah ihn an, neugierig. »Ja?«

Adrian blieb kurz vor ihm stehen.

»Äh...«, sagte er. Es gab einige Sätze, die er sich zurechtgelegt hatte, aber jetzt direkt vor seinem Angebeteten brachte er sie nicht über die Lippen.

»Äh...« Adrian spürte seinen Mut schwinden, aber jetzt gab es kein Zurück.

»Ja? Kann ich dir irgendwie helfen?« Der Mann grinste breit und wirkte dabei sehr arrogant und überlegen. Adrian wäre am liebsten weggelaufen. Später hätte er sich dafür geohrfeigt. Jetzt hatte er die Gelegenheit. Jetzt konnte er reden. Jetzt ...

»Äh ... Also…« Er sah in die erwartungsvollen Augen seines Gegenübers. Dieser schien belustigt zu sein. Endlich brachte Adrian doch einen Satz heraus.

»Es mag vielleicht komisch klingen, aber ich würde dich gerne näher kennen lernen.«

Der andere Mann brach in schallendes Gelächter aus. Die Häuser nahmen das Geräusch auf und verstärkten es. Es klang unheimlich und Adrian bekam eine Gänsehaut.

»Wir kennen uns doch gar nicht.«

»Das will ich ändern.«

»Machst du das öfter?«

»Was?«
Der Mann grinste. »Männer in den frühen Morgenstunden anquatschen und sie nach einem Date fragen?«
Adrian schüttelte den Kopf. »Es ist das erste Mal.«
»Dann muss ich mich wohl geehrt fühlen.« Das Grinsen des Mannes wurde breiter. »Und du bist kein Stalker?«
Adrian schüttelte erneut den Kopf. »Ich heiße Adrian.«
»Du kannst mich Pardus nennen. Und ich bin ja kein Unmensch.« Sein Grinsen nahm etwas Teuflisches an. »Ich gebe dir die Möglichkeit, mich näher kennen zu lernen. Noch niemand hat mich auf diese Art angemacht und dabei so hilflos gewirkt. Wir werden sehen wie du dich schlägst.«
Er machte eine kurze Pause und musterte Adrian genau. Er sah die aufstehenden Härchen und die Gänsehaut, und das schien ihm zu gefallen. »Nun, noch bist du nicht davongelaufen, das könnte ein gutes Zeichen sein.«
Verwirrung zeigte sich auf Adrians Gesicht. Was mit diesen Worten gemeint war? Und warum war ihm das Ruder aus den Händen genommen worden? Es schien fast so als ob Pardus *ihm* das Date aufdrängte. Andererseits, hatte er sich ja als Held der deutschen Sprache erwiesen, nachdem ihm nicht die einfachsten Worte eingefallen waren. Jetzt hatte er die Konsequenzen zu tragen, aber das war nur ein geringes Übel. Es lief ja so wie er es wollte, nur schien nicht er derjenige zu sein, der den Ton angab. Das konnte ja heiter werden.
»Siehst du diese Tür?«
Pardus zeigte auf die Tür, aus der er gerade gekommen war, und Adrian nickte. »Das ist das Incubus. Dort werde ich morgen sein. Vermutlich ab neun. Klingel und sage, dass du zu mir willst. Dann lässt man dich ein.«

Adrian schluckte trocken, nickte dann aber nur.
»Dann wäre das ja erledigt«, meinte Pardus. »Wenn du mich entschuldigst, ich muss nicht unbedingt bis zum Sonnenaufgang wach sein.«
Mit diesen Worten ließ er Adrian stehen. Dieser fühlte sich wie ein begossener Pudel. Wie ein verwirrter, irritierter, glücklicher, begossener Pudel, der die morgige Nacht kaum erwarten konnte, obwohl die erste Begegnung nicht so abgelaufen war, wie er es sich vorgestellt hatte. Langsam machte er sich auf den Heimweg, mit wirren Gedanken im Kopf.
Wer war dieser Pardus? Was war das Incubus? Pardus wirkte so selbstbewusst, so arrogant. So stark. Adrian kam sich verloren, hilflos vor. Er fand zu seinem eigenen Ich erst wieder zurück, nachdem er in sein Bett gefallen war.

Auch in dieser Nacht erschien Adrian der Panther in seinem Traum. Diesmal jedoch war es unheimlicher, überhaupt nicht erotisch.
Adrian ging auf einer verlassenen Strasse. Der Vollmond bot das einzige Licht. Plötzlich stand der Panther vor ihm, fauchend und sehr aggressiv. Es schien, als wollte er den Menschen am Weitergehen hindern. Adrian blieb stehen. Die große Katze umkreiste ihn. Da tauchte Pardus aus dem Schatten auf. Der Panther ignorierte ihn. Etwas Wildes ging von dem Mann aus, er und das Tier schienen Seelenverwandte zu sein. Pardus fauchte und entblößte dabei ein gefährliches Raubtiergebiss, das dem des Panthers ähnelte. Seltsamerweise verspürte Adrian keine Angst, die Anwesenheit von Pardus beruhigte ihn. Vom Panther drohte ihm keine Gefahr. Adrian ging weiter, das Tier ignorierend. Tatsächlich folgten ihm weder die

Katze noch der Mann.
Adrian erwachte mit einem Ständer. Er griff danach, doch der Wecker erinnerte ihn daran, dass er aufstehen und zur Arbeit gehen sollte. Er hatte nicht genügend Spielraum für andere Spielereien.
Auch heute arbeitete er unkonzentriert. Er zählte die Stunden und fieberte dem Abend entgegen. Mit vorgetäuschten Kopfschmerzen entschuldigte er sich bei seinem Chef und ging nach Hause. Dort legte er sich ins Bett und träumte von dem, was noch kommen würde. Doch je näher das Treffen rückte, umso nervöser wurde er. Worauf hatte er sich da eingelassen? Andererseits, so schalt er sich selbst, war es nur ein Date mit einem Pornodarsteller. Trotzdem ... irgendwas war anders. Nur konnte er nicht sagen, was. Und dann die Sache mit dem Panther. Welche Bedeutung hatten seine Träume?

Kurz vor neun Uhr stand Adrian vor dem Spiegel. Die vergangenen zwei Stunden hatte er überlegt, was er anziehen sollte. Er kannte das Incubus nicht, wusste auch nicht, welches Publikum dort verkehrte. Seine gestrigen Eindrücke halfen ihm nicht weiter, eine Suche im Internet war auch nicht erfolgreich gewesen. Die Online-Präsenz der Rosa Seiten, dem schwulen Branchenbuch hatten nicht viel ergeben: »Der Club für den außergewöhnlichen Geschmack«. Das konnte alles bedeuten. Die einzige Gemeinsamkeit, die Adrian bei den Männern gestern aufgefallen war, war das Leder. Nur war er selbst nicht in diese Szene involviert, und seine einzigen Lederutensilien waren ein paar Bänder.
Schließlich hatte er sich für schwarze Jeans und ein schwarzes T-Shirt entschieden. Das war zwar kein Leder,

konnte seiner Meinung aber auch nicht verkehrt sein. Mit zitternden Knie machte er sich auf den Weg.

Das Incubus befand sich nicht sehr weit von Adrians Wohnung entfernt. Trotzdem war es ihm nie zuvor aufgefallen. Adrian zögerte, dann klingelte er. Die Klappe wurde beiseite geschoben. Grüne Augen sahen ihn an.
»Was willst du?« Die leicht kratzende Stimme klang nicht sehr freundlich. Adrian war kurz davor, kehrt zu machen und Pardus einfach sein zu lassen. Doch konnte er diesen geilen Kerl einfach ignorieren? Er konnte nicht.
»Und? Ich habe nicht ewig Zeit!«
Die Stimme riss Adrian aus seinen Gedanken. Jetzt gab es kein Zurück, er hatte die Sache begonnen, nun wollte er sie auch zu Ende bringen.
»Ich habe eine Verabredung«, sagte er zögernd.
»Das kann ja jeder sagen. Wer ist denn der Glückliche?«
Die Stimme klang abweisend und gelangweilt. Adrian konnte sich nicht erinnern, dass die Gäste gestern besonders lange an der Tür gestanden hätten. Vielleicht waren es Stammgäste.
»Pardus.«
»Miau«, sagte die Stimme, und die Klappe wurde wieder vorgeschoben. Kurz darauf öffnete sich die Tür. Ein stark behaarter Mann stand dahinter und grinste Adrian teuflisch an: »Na, dann komm!«
Der Tonfall hatte sich nicht geändert, aber es schien Adrian als schwang etwas Belustigung mit. Adrian hatte tatsächlich Angst. Sein Mund wurde trocken, seine Hände begannen zu schwitzen. Trotzdem trat er ein. Sofort schloss der Muskelberg in hautengem Muscleshirt die Tür wieder. Adrian zuckte zusammen. Die dämmrige

Beleuchtung des kleinen Vorraums trug nicht gerade zu seiner Beruhigung bei. Der Club selbst war auch nicht unbedingt als gemütlich zu bezeichnen. Schwarzlicht war vorherrschend, nur an den wenigen Tischen befanden sich Grablichter. Das ganze Etablissement war in schwarz gehalten, schwarze Ledersessel, schwarze Glastische, eine Theke aus schwarzem Marmor. Die Speisekarten und die Kerzen waren rot, ebenso die Aschenbecher und die Gläser. Leise Klaviermusik klang beruhigend im Hintergrund.
Das Incubus war fast leer. Es war kurz vor halb zehn unter der Woche. Vielleicht sah es am Wochenende anders aus. Richtig vorstellen konnte sich das Adrian aber auch nicht. Der Club oder was es auch sein mochte, wirkte nicht so als ob sich hier oft viele Gäste tummeln würden. Eine Frau lehnte an der Theke, einen Cocktail aus einem Martiniglas trinkend. Sie war asiatischen Ursprungs, vielleicht chinesisch, aber größer als Arian es erwartet hätte. Sehr dürr, aber auf erschreckende Art schön. Die Lippen waren blutrot geschminkt, die seltsamen, sehr langen, nadelähnlichen Fingernägel vollkommen schwarz. Ihr Kleid war aus hautenger Seide. Als Adrian eintrat, hob sie ihr Glas und lächelte freundlich, auch wenn dieses Lächeln kalt und gefühllos wirkte. Der Türsteher war an der Tür zurückgeblieben, aber das war Adrian auch Recht.
In einer Ecke saß Pardus. In schwarzer Lederweste und einer schwarzen Lederhose. Sein Oberkörper war frei. Seine Füße steckten in hohen Cowboystiefeln. Er lehnte mit dem Rücken zur Wand und hatte den Eingang gut im Blick. Auf dem Tisch vor ihm stand ein hohes milchigrotes Glas mit schwarzem Strohhalm. Langsam ging Adrian auf ihn zu. Schweigend hielt ihm die Frau

die Speisekarte entgegen. Er nahm sie und flüsterte ein kaum hörbares »Danke.«

Die Asiatin lächelte nur höflich.

»Hallo!«, sagte Adrian mit leiser Stimme, als er vor Pardus stand.

»Du bist tatsächlich gekommen«, sagte Pardus nur und deutete auf einen Sessel neben sich. »Das hätte ich nicht gedacht.«

»Warum?«

»Die wenigsten kennen das Incubus, und diejenigen, die glauben es zu kennen, machen einen Bogen darum.«

»Ich verstehe nicht...«

»Das musst du auch nicht. Noch nicht. Vielleicht solltest du erst einmal deine Angst unter Kontrolle bringen.«

Adrian schwieg. Welchen Eindruck musste er machen, wenn man ihm seine Angst schon ansah? Aber er war tatsächlich bei Pardus. Sein Herz klopfte wie wild. Seine Nervosität wuchs, aber seine Angst verschwand nicht.

»Ich finde diesen Ort verstörend«, gab er zu.

Pardus nickte. »Das ist er vielleicht auch, aber wenn du mich näher kennen lernen willst, ist das genau der richtige Ort dafür. Hier kann ich sein wie ich will. Ich muss mich nicht verstellen.«

Irritiert sah Adrian ihn an. Pardus machte eine kurze Pause, dann setzte er noch nach: »Ich habe mich lange genug verstellt, ich denke es ist an der Zeit damit aufzuhören.« Er stockte. »Ich klinge wie eine Klemmschwester, nicht wahr?«

Breit grinsend sah er Adrian an. Und plötzlich wirkte er anders. Nicht mehr so bedrohlich, so beherrschend. Fast wie ein normaler Mann. Adrian atmete tief durch.

»Oh«, sagte Pardus. »Ich glaube, es ist nicht nur der Ort, der dich verstört. Ich bin es auch.«

Adrian nickte.
»Kann ich dir etwas bringen?«
Die sanfte Stimme der Asiatin ließ Adrian zusammenzucken. Er war so auf Pardus konzentriert, dass er die Frau nicht bemerkt hatte, bis sie gesprochen hatte.
»Ein Wasser«, sagte er mit krächzender Stimme. Die Asiatin hob eine Augenbraue, sparte sich aber einen Kommentar.
»Hm«, meinte Pardus. »Vielleicht fangen wir einfach von vorne an, dann legt sich deine Nervosität. Und vielleicht wirst du feststellen, dass ich auch nur ein gewöhnlicher Mann bin.«
Er lächelte. »Fangen wir doch einfach bei gestern an. Du wirkst jetzt nicht wie jemand, der anderen auflauert und ihnen ein Date abringt.«
Adrian schüttelte den Kopf.
»Und besonders gesprächig bist du auch nicht.«
Adrian errötete. Ihm war die ganze Situation sehr peinlich. Noch nie war er in einer vergleichbaren Situation gewesen. Er kam sich so dämlich vor. Wie ein kleines Kind. Er atmete tief durch und setzte zum Sprechen an, als die Asiatin mit seinem Wasser kam.
»Wundere dich nicht«, sagte sie. »Ich habe dem Wasser etwas beigemischt, das wird dich beruhigen.« Sie lächelte freundlich.
Adrian sah sie an und zuckte zusammen. Sie hatte goldene Augen. Als er das Incubus betreten hatte, war ihm das nicht aufgefallen. Er konnte gerade noch einen Schrei unterdrücken. Die Frau interpretierte sein Verhalten falsch .
»Keine Angst, alles ganz harmlos, ein bisschen Baldrian, Johanniskraut und ähnliches. Du wirst sehen, es

schmeckt zwar nicht mehr wie Wasser, aber es ist angenehm und kühl. Wenn es dir nicht zusagt, bringe ich dir natürlich dein Wasser.«
»Du kannst ihr vertrauen!«, mischte sich Pardus ein. »Sie kennt sich mit solchen Dingen aus.«
Die Asiatin verneigte sich leicht.
»Wenn ihr etwas braucht, ich bin an der Bar«, sagte sie und ging.
Adrian starrte auf sein Glas. Es war aus einem milchigen Rot, aber die Flüssigkeit darin war klar und konnte tatsächlich Wasser sein. Vorsichtig nippte er daran. Es war tatsächlich Wasser mit einem angenehmen Beigeschmack. Er kannte sich nicht aus in der Welt der Kräuter, aber Baldrian und Fenchel glaubte er herauszuschmecken. Auch ein bisschen Melisse und Johanniskraut. Er nahm einen größeren Schluck. Sein Gegenüber beobachtete ihn neugierig.
»Siehst du«, sagte Pardus. »Keine Drogen oder so. Li würde fragen, wenn sie etwas Härteres verwenden wollte.«
Er sah an die Bar und lächelte der Asiatin freundlich zu. Sie erwiderte sein Lächeln und prostete ihm mit ihrem Martiniglas zu. Auch Pardus hob sein Glas und trank einen kleinen Schluck. Dann wandte er sich wieder Adrian zu.
»Du wolltest etwas sagen, bevor wir unterbrochen wurden.«
Adrian nickte. Das Wasser wirkte tatsächlich. Er fühlte sich ruhiger. Seine Hände waren nicht mehr so feucht, seine Nervosität und seine Angst verschwunden. Er hatte seine Stimme wieder. Sie war fest und nicht mehr flüsternd.
Er erzählte Pardus von dem Film. Dieser hörte

aufmerksam zu. Ein tiefgründiges Lächeln schlich sich auf sein Gesicht als Adrian fast am Ende seiner Geschichte angelangt war.
»So habe ich von dir erfahren«, schloss Adrian, obwohl er noch einiges mehr zu erzählen gehabt hätte. Seine Träume, seine Begierden behielt er jedoch vorerst für sich. Er wusste nicht wie Pardus darauf reagieren würde.
»Ich dachte, wir hätten alle Kopien vernichtet«, sagte Pardus. Dann schwieg er.
Adrian wartete ab, es schien als ob Pardus noch etwas anfügen wollte, aber er tat es nicht. Bevor das Schweigen unerträglich wurde, durchbrach es Adrian mit seiner Frage: »Was ist das für ein Film?«
»Nichts Besonderes, nur das Spiel dreier Pornodarsteller und eines Kameramanns, die sich ein bisschen die Zeit vertreiben.«
»Und der Panther?«
»Denk an die Regeln«, flüsterte Li, die plötzlich neben den beiden stand. Sie hatte ein bezauberndes Lächeln auf den Lippen und sah Adrian freundlich an.
»Ist das Wasser okay?«
Er nickte. »Es ist sehr gut.«
Die Asiatin grinste zufrieden und ging wieder. Pardus sah ihr nach.
»Was für Regeln?«, wollte Adrian wissen, aber Pardus wich ihm aus.
»Wer weiß, dass du hier bist?«
Adrian überlegte kurz. »Niemand«, sagte er nach kurzem Zögern. Selbst Norbert hatte er nichts von seinem Treffen erzählt. Sollte sich das nun als Fehler erweisen?
»Dann lass uns gehen!« Pardus stand auf.
»Wohin?«
»Zu mir. Li hat Recht. Hier gibt es Regeln, und wenn ich

hier öfter etwas trinken will, habe ich mich daran zu halten.«
»Welche Regeln?«
»Unwichtig. Komm! Oder hast du Wurzeln geschlagen?«
Zögernd folgte Adrian Pardus. Li wünschte ihnen lächelnd einen schönen Abend, während der Türsteher sie bösartig anfauchte. Pardus ignorierte ihn.
Vor dem Incubus drückte Pardus Adrian gegen die Häuserwand und küsste ihn hart.
»Das ist es doch, was du willst?«
Adrian nickte nur. Pardus' Verhalten hatte ihn überrascht.
Der Mann ließ ein lautes Lachen ertönen.
»Hast du ein Glück, dass ich hier in der Nähe wohne«, sagte er und zog Adrian mit sich. »Vielleicht«, und dabei sah er Adrian tief in die Augen, »Erzähle ich dir danach von Lis Regeln.«

Pardus' Wohnung war tatsächlich nur ein paar Seitenstraßen weiter.
Das Haus wirkte verlassen und machte einen etwas verfallenen Eindruck. Es war Adrian nie zuvor aufgefallen.
Pardus drückte die Haustür auf. Der Geruch von Moder drang ihnen entgegen. Adrian würde es nicht wundern, wenn hinter irgendeiner Ecke eine Maus verweste. Oder ein Penner, aber so genau wollte er es gar nicht wissen.
»Entschuldige den Gestank«, meinte Pardus. »Wir haben keinen Hausmeister und niemand fühlt sich für die Ordnung hier zuständig.«
Er stieg die Treppe nach unten. Es war dunkel, Licht gab es nicht. Adrian folgte ihm etwas unbeholfen. Er sah die Hand vor Augen nicht und musste sich langsam Stufe für

Stufe nach unten tasten. Pardus hatte Heimvorteil, er wartete am Ende der Treppe.
»Alles eine Frage der Gewohnheit«, meinte er und nahm Adrian am Arm. »Komm, lass mich dich führen, in meinem Zimmer siehst du wieder.«
Adrian ließ sich ein paar Schritte durch die Dunkelheit führen, dann hörte er, wie sich eine Tür öffnete und hinter ihm wieder schloss.
Dann ging das Licht an, und Adrian erkannte den Raum wieder, das Zimmer aus dem Film.
»Du wohnst hier nicht wirklich?«, stellte er fest und Pardus nickte.
»Stimmt. Das ist nur meine Spielwiese. Dafür reicht es.«
Ohne Vorwarnung und mit unmenschlicher Kraft packte Pardus Adrian und warf ihn auf das Bett. Regungslos blieb er liegen und beobachtete wie sich Pardus entkleidete. Er betrachtete das Spiel der Muskeln, das animalische Lächeln des Mannes. Adrian spürte, wie sein Penis wuchs, und ihn schmerzhaft daran erinnerte, dass die Jeans eine Art Gefängnis bildete. Adrian ignorierte das. Er wollte den Mann nackt sehen, wollte von ihm genommen werden, wollte... urplötzlich war die Angst wieder da. Unerwartet kamen Sätze, die im Laufe des Abends gesagt worden waren in Adrians Bewusstsein.
»Wer weiß, dass du hier bist?«
Niemand wusste es. Wer würde ihn vermissen? Adrian versuchte an angenehmere Dinge zu denken, doch es wollte ihm nicht gelingen. Dies war kein Traum, dies war die Wirklichkeit. Der Mann vor ihm war ein Unbekannter – und gefährlich. Das spürte Adrian. Und doch, es faszinierte ihn.
»Ich spüre deine Angst«, stellte Pardus fest. Sein Lächeln hatte etwas Bedrohliches. »Ich spüre deine

Erregung.«
Er leckte sich über die Lippen.
»Das gefällt mir. Bist du bereit?«
Adrian schluckte trocken und nickte. Was kam jetzt? Pardus hatte seine Hose noch nicht abgelegt.
»Gut, aber eines sage ich dir jetzt. Ein NEIN lasse ich nicht gelten.«
Adrian verstand den Sinn der Worte nicht, aber er nickte. Es war wie ein Spiel, ein Spiel mit der Gefahr, und trotz seiner Angst war sein Ständer dem Zerreißen nahe.
Fast beiläufig stieg Pardus aus den Cowboystiefeln. Seine Hose ließ er wie eine Schlangenhaut abfallen. Jetzt war er vollkommen nackt, sein prachtvoller Körper ragte vor Adrian auf.
Pardus war ein Muskelberg, doch brachte es sein Körper fertig, dabei athletisch zu wirken. Er hatte eine leichte Brustbehaarung, die sich in einem schmalen Strich bis in den Schambereich erging. Das Haar war gestutzt und um die Hoden völlig entfernt. Sein Penis stand wie eine Lanze von seinem Körper ab, lang, aber nicht sonderlich dick. Und doch in ihren Ausmaßen beachtlich.
Pardus legte sich aufs Bett und robbte zu Adrian. Seine dunkle Haut bot einen starken Kontrast zum hellen Braun von Adrian. Die beiden Männer bildeten an sich zwei passende Gegensätze. Der Latino und der Europäer mit den braunen Haaren.
Pardus griff nach Adrians Armen, riss sie über dessen Kopf und pinnte ihn so ans Bett. Dann begann er sanft über Adrians Körper zu lecken. Er begann am Gesicht und arbeitete sich langsam und genüsslich über den Nacken vor. Adrian zuckte zusammen, aber viel Gegenwehr konnte er nicht leisten, er war dem Griff seines Partners ausgeliefert. Aber er genoss es. Ein leises

Stöhnen entrang sich seiner Kehle. Ein Knurren antwortete.
Adrian hatte die Augen geschlossen, konzentrierte sich auf die Berührungen und genoss sie in vollen Zügen. Zärtlich leckte Pardus seine Nippel, die vor Erregung standen. Er löste seinen Griff und strich sanft mit seinen Händen über Adrians Körper.
»Besorg's mir!«, schien Adrians Penis zu rufen. Er zuckte und tropfte, und wollte doch nur das eine, Befriedigung durch einen anderen Mann. Doch er musste warten. Auch der Rest des männlichen Körpers hat ein Recht darauf, verwöhnt zu werden. Und Pardus war ein Meister darin. Viele Gedanken waren Adrian nicht gegönnt, er war gefangen in einem Spiel der Zärtlichkeiten und der Lust. Nur war er wie ein Brett, ein lebendes Brett des Genusses. Er durfte nehmen, aber nicht geben. Sobald er einen Schritt unternahm, um Pardus' Körper zu berühren, hielt ihn ein bösartiges Knurren zurück. Mit geschlossenen Augen konnte er sich sogar der Illusion hingeben, mit dem Panther seiner Träume im Bett zu sein. Er spürte sogar das weiche Fell, die raue Zunge.
Mit einem Ruck öffnete er die Augen und sah in das Gesicht des Panthers. Er zuckte kurz zusammen, schloss seine Lider dann wieder.
Nachdenken brachte nichts, er wollte genießen, ob mit Panther oder mit Pardus. Jetzt war ihm das egal. Über eventuelle Konsequenzen wollte er sich später Gedanken machen. Vermutlich war seine Fantasie nur mit ihm durchgegangen und sein Wunschdenken zu seiner Realität geworden .
Während es immer noch Pardus war, der ihn verwöhnte.

Pardus hatte Probleme anderer Art. Tatsächlich war er für kurze Zeit zu dem geworden, was er wirklich war, ein Panther. Und genau diesen Moment hatte sich Adrian ausgesucht, um die Augen zu öffnen. Der Moment des Tötens war gekommen, aber der junge Mann hatte die Augen wieder geschlossen und tat, als wäre nichts geschehen. Der Panther nahm seine menschliche Gestalt wieder an und machte weiter. Aber er war nicht mehr bei der Sache. Als professioneller Pornodarsteller konnte er seinem Partner immer noch Lust bereiten, aber ihm selbst machte es keinen Spaß mehr. Mechanisch vollbrachte er seine Arbeit, als wäre es ein Job, für den er bezahlt werden wurde. Vorbei war die Hitze, die er gespürt hatte als er die Angst gerochen hatte, und die Erregung des Menschen.

Er musste aufhören. Das war er Adrian schuldig.

Adrian. Leise flüsterte er den Namen. Ein schöner Mann, der verschüchtert mitten in der Nacht vor ihm aufgetaucht war. Sich ins Incubus gewagt hatte und sich abschleppen ließ. Obwohl er die Gefahr spürte, die von Pardus ausging. Mochte der Panther ein geheimnisvolles Wesen sein, so sah er auch in diesem Menschen etwas Besonderes. Und er sah jemanden, an dem ihm etwas lag.

»Adrian!«, sagte er.

Adrian öffnete die Augen und lächelte. »Ja?«

»Ich kann nicht.«

»Wie? Du kannst nicht? Er steht doch.«

Natürlich stand er. Pardus war ja ein Profi.

»Es gibt Dinge, über die ich nachdenken muss«, sagte Pardus. »Es wäre dir gegenüber unfair, wenn ich weitermachen würde.«

Adrian war verwirrt. Er richtete sich auf und sah Pardus mit großen Augen an.

»Was ist los? Du wirkst auf einmal so anders!«
Pardus lächelte gequält. »Ich kann es dir jetzt noch nicht sagen, aber es ist besser, wenn du gehst.«
Adrian war die Enttäuschung anzusehen, aber Pardus sah keine andere Wahl. Er hatte sich den Abend und die Nacht vollkommen anders vorgestellt, und er selbst war enttäuscht von seiner Reaktion. Und doch wollte er etwas anderes. Nicht den Sex, den er in seinem Job haben konnte. Adrian war etwas Besonderes. Er betrachtete den jungen Mann, während dieser sich langsam anzog. Dann verließ Adrian das Zimmer. Das gute Gehör des Panthers nahm wahr wie der Mensch die Treppe hinaufstolperte.

Pardus nahm seine Tiergestalt an und rannte durch die Straßen. In dieser Nacht starb ein Mann durch seine Hand, durch seinen Trieb. Aber es war nicht Adrian. Und der Tote gab am nächsten Morgen zahlreiche Rätsel auf. Die Polizei hielt den Toten geheim. Wie hätte man auch erklären können, dass der Mann vergewaltigt und anschließend von einem Tier zerfleischt worden war? Die sichergestellten Spermareste waren auch nicht hilfreich, die DNA war nicht eindeutig menschlich, aber man konnte nicht zugeben, dass die Laboranten bei der Analyse versagt hatten.

Tage und Nächte vergingen. Zwei verwirrte Seelen irrten durch die Stadt. Adrian hatte spontan Urlaub genommen. Er wollte alleine sein. Sein Telefon hatte er abgestellt, auch seine Türklingel ignorierte er. Das Handy lag achtlos in der Küche, bis der Akku leer war und der Computer schwieg.
Pardus schlief tagsüber und rannte nachts rastlos durch die Parks. Er wollte Ordnung in seine Gedanken bringen,

aber er schaffte es nicht. Hilfe fand er im Incubus, als Li sachlich feststellte, dass er sich verliebt hatte. Sie erinnerte Pardus erneut an die Regeln und erzählte ihm einige seltsame Geschichten über die Liebe.
Die Worte der Asiatin waren es, die dem verwirrten Panther halfen, zu seinen Gefühlen zu stehen und den Schritt zu wagen, dem er bisher immer aus dem Weg gegangen war.

An einem Mittwoch Abend hatte sich Adrian zum Ratschen mit Norbert im Café Blu verabredet. Er hatte seine Einsiedelei abgebrochen. Es hatte keinen Sinn. Er musste Pardus vergessen. Er durfte nicht an die seltsame Nacht denken, und doch befasste sich jeder seiner Gedanken damit.
Schließlich traf er eine Entscheidung. Er brauchte Ablenkung, und Norbert konnte sie ihm bieten.
Es war bereits dunkel, als Adrian das Haus verließ. Aus der Dunkelheit trat eine Gestalt vor ihn. Pardus.
»Ich will mit dir reden!«
Adrian schwieg. Er starrte den Mann nur an. Seine Knie wurden weich und sein Herz raste.
»Lass uns spazieren gehen«, sagte Pardus. »Ich will dir einiges erklären.«
»Ich habe eine Verabredung.« Adrian Stimme zitterte, obwohl er um einen festen Klang bemüht war. Mit traurigen Augen sah er Pardus an. »Ich will nicht mit dir reden.«
Er wandte sich um und entfernte sich von Pardus. Nur anhand der Schritte konnte er hören, dass der Mann ihm folgte. Adrian wusste nicht, was er tun sollte. Er wollte mit Pardus reden, bei ihm sein, ihm nahe sein. Er wollte ... er konnte nicht, er hatte Angst, es könnte so werden

wie beim letzten Mal.
Da hörte er Pardus' leise Stimme direkt neben seinem Ohr und spürte den feuchten Atem.
»Es tut mir Leid für das, was geschehen ist, und es tut mir Leid für das, was noch geschehen wird.«
Adrian blieb stehen. Pardus stellte sich vor ihn.
»Li sprach von Regeln«, fuhr Pardus fort. »Ich weiß nicht ob ich sie einhalten kann, also reden wir hier.«
Er machte eine kurze Pause. Adrian wartete ab.
»Hör' mir einfach nur zu! Ich bin...«, Pardus stockte, dann seufzte er. Ein gequältes Lächeln schlich sich auf sein Gesicht.
»Ich hätte nicht gedacht, dass es so schwer ist«, sagte er zu sich, aber laut genug, dass Adrian es hören konnte.
»Gehen wir zu mir!«, sagte er. »Vielleicht ist es leichter, wenn...«
Pardus schüttelte den Kopf. Mit traurigen Augen sah er Adrian an. »Es ist nicht so leicht. Ich will dir etwas sagen, weil mir sehr an dir liegt. Ich weiß nicht, was ich empfinde, aber ich kann dich nicht töten.«
Adrian sollte Angst empfinden, das spürte er, aber die Zuneigung war stärker. Die Worte, die cr hörte, halfen ihm zu verstehen. Sein Unterbewusstsein hatte es früher geahnt. Pardus war etwas Besonderes, etwas Einzigartiges. Adrian wusste nicht, was es war, aber er vermutete, dass Pardus kurz davor war, es ihm zu sagen. Er zitterte, allerdings vor Erregung. Die ausgesprochene Drohung nahm er nur am Rande wahr, konnte sie aber nicht ernst nehmen. Sein Herzschlag normalisierte sich. Er wurde ruhig und entspannt. Ein breites Grinsen erschien auf seinem Gesicht. Nachdem sich die abwegige Vermutung in ihm zur Gewissheit geformt hatte, war er es, der die Wahrheit aussprach.

»Du musst nichts sagen, ich glaube, ich weiß es. Auch wenn es schwer ist zu glauben.«
Verwirrt sah ihn Pardus an. Jetzt wirkt er verletzlich, ganz anders, als Adrian ihn kennen gelernt hatte. Und zugleich erkannte er, dass er den Schutzwall durchbrochen hatte, und den Mann entdeckte, der trotz seiner Arroganz und Andersartigkeit verletzlich und beschützenswert wie jedes andere Wesen war.
»Du bist ein Panther, irgendeine Art von Werkatze.«
Pardus sah ihn mit großen Augen an, sein Mund stand leicht offen, aber er nickte.
»Ich weiß nicht, ob diese Begegnung real oder ein Traum ist. Ich weiß auch nicht ob, ich daran glauben soll, aber ich empfinde viel für dich.«
Adrian schwieg. Ihm war nach lachen zumute. Norbert und das Café Blu waren vergessen. Die Nacht und der folgende Tag, alles verschwand in Banalitäten. Was zählte, war der Moment, so kitschig er durch Worte auch geworden sein mochte. Er griff nach Pardus' Hand.
»Ich weiß nicht, was in unserer letzten Nacht passiert ist«, sagte er. »Aber es wäre schön, wenn wir dort anfangen, wo wir aufgehört haben, ohne Unterbrechung, ohne schlechtes Gewissen ...«
»Ohne Tabus«, flüsterte Pardus.

In dieser Nacht wurden noch viele Worte gewechselt, Worte, die nur unter dem Schleier einer beginnenden Liebe Sinn ergaben. In jener Nacht der Aussprache wurde nur geredet, ein weiteres Treffen folgte, und noch eines und noch eines. Und eine Woche später trat Adrian vor die Tür des Incubus und wurde eingelassen, ohne dass ihm Fragen gestellt wurden.

Über den Autor

Geboren wurde ich 1972 in München, und dort lebe ich auch. Meine bisherigen Veröffentlichungen beschränken sich auf verschiedene Kurzgeschichten in diversen Anthologien.

http://www.martin-skerhut.de

Danksagung

Es gibt nicht viele Leute, denen ich an dieser Stelle meinen Dank aussprechen kann, aber dafür ist es mir umso wichtiger, dass es getan wird.

An erster Stelle möchte ich Gü danken. Dafür, dass es ihn gibt, dass er mich erträgt, und dass er mir mit seiner Meinung zur Verfügung steht.

Natürlich bedanke ich mich auch bei Simon, der es mir ermöglicht hat, dieses Buch herauszubringen, und der mit seinen Vorschlägen zu einer Verbesserung der Geschichten beigetragen hat.